謝裕民 Chia Joo Ming——著

我的游離性遺忘

My Dissociative Memories

浮羅人文
高嘉謙｜主編

「浮羅人文書系」編輯前言

高嘉謙

島嶼，相對於大陸是邊緣或邊陲，這是地理學視野下的認知。但從人文地理和地緣政治而言，島嶼自然可以是中心，一個帶有意義的「地方」（place），或現象學意義上的「場所」（site），展示其存在位置及主體性。從島嶼往外跨足，由近海到遠洋，面向淺灘、海灣、海峽，或礁島、群島、半島，點與點的鏈接，帶我們跨入廣袤和不同的海陸區域、季風地帶。但回看島嶼方位，我們探問的是一種攸關存在、感知、生活的立足點和視點，一種從島嶼外延的追尋。

臺灣孤懸中國大陸南方海角一隅，北邊有琉球、日本，南方則是菲律賓群島。臺灣有漢人與漢文化的播遷、繼承與新創，然而同時作為南島文化圈的一環，臺灣可辨識存在過的南島語就有二十八種之多，在語言學和人類學家眼中，臺灣甚至是南島語族的原鄉。這說明自古早時期，臺灣島的外延意義，不始於大航海時代荷蘭和西班牙的短暫占領，以及明鄭時期接軌日本、中國和東南亞的海上貿易圈，而有更早南島語族的跨海遷徙。這是一種移動的世界觀，在模糊的疆界和邊域裡遷徙、游移。透過歷史的縱深，自我觀照，探索外邊的文化與知識創造，形塑了值得我們重新省思的島嶼精神。

在南島語系裡，馬來─玻里尼西亞語族（Proto-Malayo-Polynesian）稱呼島嶼有一組相近的名稱。馬來語稱pulau，印尼爪哇的巽他族（Sundanese）稱pulo，菲律賓呂宋島使用的他加祿語（Tagalog）也稱pulo，菲律賓的伊洛卡諾語（Ilocano）則稱puro。這些詞彙都可以音譯為中文的「浮羅」一詞。換言之，浮羅人文，等同於島嶼人文，補上了一個南島視點。

以浮羅人文為書系命名，其實另有島鏈，或島線的涵義。在冷戰期間的島鏈（island chain）有其戰略意義，目的在於圍堵或防衛，封鎖社會主義政治和思潮的擴張。諸如屬於第一島鏈的臺灣，就在冷戰氛圍裡接受了美援文化。但從文化意義而言，島鏈作為一種跨海域的島嶼連結，也啟動了地緣知識、區域研究、地方風土的知識體系的建構。在這層意義上，浮羅人文的積極意義，正是從島嶼走向他方，展開知識的連結與播遷。

本書系強調的是海洋視角，從陸地往離岸的遠海，在海洋之間尋找支點，接連另一片陸地，重新扎根再遷徙，走出一個文化與文明世界。這類似早期南島文化的播遷，從島嶼出發，沿航路移動，文化循線交融與生根，視野超越陸地疆界，跨海和越境締造知識的新視野。

高嘉謙

國立臺灣大學中國文學系副教授，著有《遺民、疆界與現代性：漢詩的南方離散與抒情（一八九五—一九四五）》、《國族與歷史的隱喻：近現代武俠傳奇的精神史考察（一八九五—一九四九）》、《馬華文學批評大系：高嘉謙》等。

推薦序

新加坡的「狂人日記」？

高嘉謙

謝裕民是新加坡最值得注意的當代華文小說家，他以《不確定的國家》（二〇二三）甫獲得二〇二四年新加坡文學獎，這部華文非虛構寫作，寫的是李光耀在新加坡建國前後，遊走左右陣營，在左派、英殖民者和馬來政權之間的運籌帷幄和算計。謝裕民熟讀史料和各類素材，對歷史人物的決策和作為，寫來揮灑自如，卻不乏後設的評價與識見，猶如引領讀者進入新加坡建國史的沉浸式閱讀。這是他第一本在臺灣出版的專著，初試啼聲就引來讚譽，在華文世界吸引了更多的關注。

新加坡給人的普遍印象集合了雙語、國際化、經濟繁榮、安全先進、多元種族等等關鍵詞彙，但小說家謝裕民卻替我們補上「左派」一詞，這缺了角，或失落的一頁。事隔一年半，他交出《我的游離性遺忘》在臺灣出版，以長篇小說敘說左派思潮下，一代的華校生曾經被席捲其中，斑駁交錯的記憶糾葛，歷史造就的空洞和傷害，今昔對照的斷裂、荒謬感，以及意在言外的捉狹和玩笑。對照戰後的臺灣文學，李渝、郭松棻、劉大任、葉石濤、陳映真等人筆下不乏令人印象深刻的左派角色，左翼運動跟黨國史、抵抗運動、白色恐怖、族群認同往往交纏為臺灣經驗的一部分。平行而觀，華人族群佔多數的新加坡，在戰後又有怎樣的左翼脈絡？新加坡華文文學，可能存在怎樣的左派人物和故事？

延續《不確定的國家》背後的思考框架，謝裕民這次則展露更大的寫作企圖心，試圖在光輝的建國史背面，追問曾經引領一個時代的左翼風潮裡，存在的小人物及其故事。從殖民地到建國，新加坡內部潛藏的暗流是左派和馬共。《不確定的國家》聚焦在耀眼的建國總理李光耀，但光亮的背面總有暗影，那是在李光耀政治起家過程裡，發揮過關鍵作用的林清祥。林清祥是一九五〇、六〇年代重要的左派政治人物，出身平民家庭，組織學潮、領導工會，在反殖民主義運動裡扮演重要角色，曾聯合李光耀參與跟英國商討新加坡自治問題。他既協助李光耀當家的人民行動黨崛起，又在脫離政府後另組新加坡社會主義陣線，成為左派色彩的反對黨。然而，在新馬合併前夕的政治大逮捕「冷藏行動」裡被關入監獄。數年後公開宣布承認左翼鬥爭失敗，放棄政治，從此被流放倫敦十年。一九七九年被允許回到新加坡後，從此成了對歷史沉默的一群，直到一九九六年逝世。

在新加坡官方主流歷史，林清祥的故事鮮少被人提起。二〇〇七年以後官方歷史教科書裡介紹這位對新加坡一九五〇—六〇年代政治有影響力的人物，往往也是跟動盪、暴亂事蹟相關。在李光耀的建國史脈絡裡，那一代左翼青年的理想與鬥爭，從歷史的後見之明而言，僅僅聊備一格，無足輕重。事實上，林清祥不是《我的游離性遺忘》的角色，他僅僅是出沒在故事背景，或是以林清祥為縮影輻射而出的時空脈絡。但重提林清祥事蹟，卻是我們認識那個左翼時代的重要構成元素。曾經的左翼政治鬥爭，帶來了連鎖反應，成了歷史的債務。不同於林清祥這類魅力領袖，卻曇花一現的悲劇政治身影，謝裕民著眼小人物，描述大時代下被左翼思潮牽動的學生、青年，他們的平凡面孔，以及長時段的人生遭遇。小說裡沒有特定政治人物的光彩，謝裕民的左翼故事是「普及的左翼，追求自由、平等、博愛、和平，同情貧苦，反對暴力、剝削的普世價值觀。」那是新加坡社會曾經輸入根植的意識形態，同時也是青年的社會理想。

放在華文文學書寫的譜系裡，《我的游離性遺忘》有雙重意義值得我們細究。首先，小說沒有鋪展大歷史下戲劇性的傷痕、悲情，以及壓抑的記憶政治，新加坡歷史沒那麼可歌可泣。儘管對左翼青年的政治囚禁、流放不乏具體可考的現實案例，但全書卻將讀者帶入一個更大的命題。從五四新文學、中華人民共和國成立後的政治運動，冷戰時期的反共、非共政策對中國的文化防堵，歸僑在新中國或自由中國的遭遇，以及中國輸出革命，文化大革命對新加坡左翼的影響和分裂，甚至天安門事件——林林總總回顧了新加坡在整整數十年的時光裡，遭遇左翼中國的各類軌跡線索，甚至更準確的說是左翼、中國、華人三者交纏的複雜脈絡，如何影響了一個世代的新加坡青年。

謝裕民似在替新加坡華語文本追索和附著該有的神經纖維、血肉和聲腔。因而不同於他過往的小說，《我的游離性遺忘》有一個曖昧的「性」起點。小說始於一場性騷擾指控，講述一新加坡左派分子在大學教書的兒子，因觸碰女學生肢體而遭致停職調查。而他在幼童階段裡，曾目睹「女人以筷子夾著男人的小雞」的驚駭陰影，成了他在青春期跟異性交往挫敗的根源。主角的父親後來疑似投奔馬共離家從此未歸，僅剩孤兒寡母和舅舅成了這一家子。透過「性」的暗影，尋父成了這個小說開展的主題。曾經左翼思潮激起的革命理想和社會衝突，像是啟動的力比多，是欲力和動能，也可能是流於虛幻的衝動，或是卡彈而疲軟，完而未了的虛耗。主角走訪泰南和平村，拜訪已遠走他鄉的前馬共成員，尋找馬共父親，是親情匱乏的事後填補，也是時代精神結構的病徵檢視。

最終證實無中生有的性騷擾，出於女生因精神疾病虛構的想像，一次師生辦公室會談只因教師擋門撞到女生手臂的肢體接觸而衍生的聯想。真相並沒有釐清什麼，卻象徵了謝裕民試圖呈現左翼世代曾經在體制指控下的百口莫辯，控訴顯得虛幻又真實。左翼青年因為讀禁書、熱愛五四新文學、在劇團工作，恰逢工潮、學潮風起雲湧的五〇、六〇年代，莫名其妙捲入了疑似馬共的指控和拘禁，或跟左翼意識形態、口號沾上邊，最終難逃牢獄之災。那是一種時代的精神症狀，如同病理切片。這像是新文學掀開序幕的魯迅〈狂人日記〉，日記是精神病患病癒後呈供醫家的病理檢視報告。日記裡的狂人之言，已是對精神症狀的後設理解。

不可諱言，新馬兩地華裔青年的左翼思潮裡，有鮮明的魯迅身影。左翼魯迅，是東南亞的魯迅接受史的重要一環。謝裕民因此替小說創設了「魯迅子弟」譜系，宣稱：南洋「文藝青年」學習魯迅的獨立思考、追求自由和批判社會，傳承魯迅的精神，「跟著魯迅走」，「魯迅子弟」比「膠林之子」更具象。小說著眼華校生背後的文青世代，他們沉迷於魯迅的閱讀風潮。這是指稱那些需要被理解的左翼青年，曾幾何時也捲入那一股不可抗逆的時代風暴裡。然而，遭致的後果是疑似馬共的指控，被監禁，被驅逐，如同〈狂人日記〉呈現狂人與外部眼神的接觸，似乎怕我、似乎想害我，進而自剖自己也是體制內吃人的共犯——我是吃人的人的兄弟！吃人與被吃蒙上了倫理色彩。這些產自新加坡的「魯迅子弟」，因而是紅色左翼思潮的一環，也是從殖民地到獨立建國的非共右翼政府裡，需要被處理的病徵。

這些五〇年代以來浸淫新文學的文藝青年，通通在新加坡清掃左派的逮捕行動裡變得噤聲。透過監禁與流放的法律手段，新加坡官方歷史在面對「魯迅子弟」們，或在謝裕民看來就是社會集體的游離性遺忘（解離性失憶），因心理創傷或壓力，選擇性遺忘自己要遺忘的記憶？

二〇一四年，林清祥弟弟林清如出版《我的黑白青春》，紀念他二哥林清祥及那一代左翼青年的青春和理想。二〇二四年十月，林清如離開人世，而恰逢謝裕民這本《我的游離性遺忘》出版，依然在追溯那一段影響無數新加坡青年，烙印著青春和思想刻痕的左翼記憶。但謝裕民在後記裡告訴我們，《我的游離性遺忘》動筆於二〇一五年，恰恰是新加坡紀念建國五十週年。彼時這本書未及時完稿，卻開啟了後續《建國》、《不確定的國家》的寫作計畫。三本書並置而觀，不妨視為謝裕民的「紙上建國」系列，呈現了他對書寫新加坡當代史，屬於我輩的歷史記憶的信念。

如此看來，小說將左翼世代標榜為「魯迅子弟」，難道謝裕民是新加坡建國的歷史進程裡，那個疑似患上精神病的「狂人」？追問的也是左翼世代的精神症狀，或沒有被清理的歷史債務。《我的游離性遺忘》會不會是謝裕民呈給新加坡社會，「可見當日病狀」和「以供醫家研究」的〈狂人日記〉？

目次

游離性遺忘症（Dissociative amnesia）為一種心理疾病，患者一般遭受重大打擊，造成巨大悲痛，對創傷自我防衛，遺忘個人的身分。

——維基百科

待我成塵時，你將見我的微笑！

——魯迅〈墓碣文〉（一九二五）

你都在這個時候流淚嗎？

1

Fish擺動著腰身，漸顯節奏，展現人類初始的舞蹈，隨即俯衝，吭吟若韻，額頰結珠。處於被動，只能堅忍堅持，欣賞Fish的吟舞。舞者渾然忘我，韻律加速，吟嘯迴旋。堅實的意志堅定堅守至最後一刻，潰崩，奔洪決堤，一股無名的歡愉自棄守間升起。Fish伏於我身上，急速呼吸或喘氣，仍韻律般。仰臥的胸腔因奮力衝刺，起伏如潮，虛與鬆跟進。Fish抬頭，拭去我臉上的淚滴，輕問，你都在這個時候流淚嗎？捧著她的臉，望著她，不語或無語，抹去她額頰的熱汗，輕吻，再將她環抱於胸，直視著天花板。

2

親愛的，你直視著系主任辦公室的天花板，僅聽得系主任鄭重地宣布：「你涉嫌非禮女學生。」你沒有震驚或故作鎮定，看著一句與你無關的話語自天花板下飄散。

主任冷漠地繼續：「學校決定停止你所有職務。」希望你開口，等不著，職責所在，交代：「我會找人代你的課。」

你肯定談話結束，停了一秒，轉身，走掉。

3

□月□日。他最初的記憶是個詭異的畫面。

男人靠著木椅，仰頭，直視著天花板；女人以筷子夾著男人的小雞。畫面模糊，失焦，一旁屋子的格局、擺設，甚至男人的臉龐全淡入，灰濛。景象應該是黑白的，正確地說，是灰黑。是吧？

小雞不聽話，倒向一邊。女人夾了幾次，小雞仍東顛西倒，女人索性放下筷子，用嘴巴——像老鷹般，銜起小雞。小雞入口，女人不經意抬頭，看見他，意外，張嘴，小雞又不聽話，掉回去。

男人也發現他，立即起身，頭部及胸部全隱入灰黑地帶。無頭人順手拉起褲頭，凶巴巴地問：「做什麼？」

「噓噓。」

留一個出口保護大家

4

紅綠相間的大舶壓著淺平的河面徐徐航行，河流靜默，沿岸靜默，如閱讀舊照般靜默。當年繫命的載貨駁船今成了river safari遊覽船，繼續興旺母親的河。大舶漸靠酒店私人小碼頭，Fish突縱身入河——新加坡河。來不及反應，她已揮手高呼，Help! 我不會游泳。玩這麼大！一愣或嚇到，不加思索隨著入河。水花四濺那刻，聽見Fish大笑，遊過來環抱著問，你見過不會游泳的魚嗎？拉開她的手，沒好氣，你繼續享受吧！Mermaid。兩人在船夫仍搞不清狀況時，已游上碼頭。Fish提議回酒店借老師的房間沖涼，老師不在。Fish看著我，來我的房間吧！她開了隔壁的門，徑直走入浴室。被棄在浴室外，徘徊，半喊，丟一條浴巾給我。嘩啦啦的水聲裡傳來，自己進來拿吧！大方進去，她在浴間自顧洗頭，隔著玻璃門，夾雜著水聲說，一起洗吧！別告訴我你沒跟女人一起洗過澡。思索著怎麼一起洗時，玻璃門打開，一隻手伸出來將我拉進去。Fish把我拉到花灑下。來！我幫你洗頭。頭被按下，抹上洗髮水，只得閉上眼，任她發揮，隨即感覺她的胸部觸及我的臉，睜開眼，雪白的洗髮水立即湧入眼眶，閉回，想著怎麼避開滑嫩的胸部。她笑，惡作劇地將豐滿的乳房塞進我嘴裡。

5

親愛的，有人敲你辦公室的門。進來。你半喊。抬頭，一個女學生，不認識的，像不夠睡，黑著眼圈，神情虛浮。她知道你開詩歌創作課，想來念。你覺得需要花一些時間說明，起身拉起桌前的客椅，擋住大門，準備開著門與女學生立著交談。個別學生——男的，女的——來辦公室找你，你都如此處理，留一個出口，保護大家。你解釋，課程只開給系裡的同學，學期快結束了；隨口問，念什麼。工程。沒關係，我旁聽。

你想告訴她那就來吧，瞧見門板逐步往前移動，椅子就要被推倒，女生沒發現，你怕大門撞到她，趕緊向前，越過她時撞到她左臂，說著對不起，及時把門和椅子拉住。設計門的人只想到老師的隱私，沒為老師設想可能惹來不必要的麻煩。

你回過頭要開口，女生沉著臉，快步離去。莫名其妙，你關上門。

室內玻璃牆鑲著一層陽光，牆外白色和橙色九重葛薄紙般搖曳。

6

□月□日。他從沒告訴人，三歲看到的那一幕。他懷疑是幻覺，普通小朋友三歲應該不會半夜起身尿尿，而且一般小孩三歲前都沒有記憶。

他甚至懷疑這是虛構的藉口。

7

著名漢學家兼語言學家David Hogg——霍大衛一家來新加坡度假，受邀當晚在他們入宿的酒店用餐。與老師見面，他大力地擁抱，大力地拍背問好，被「按摩」時有久違的溫馨。再擁抱師母Doris，低喊，Mom!師母頻說，I miss you so much，教昔時亞洲窮學生一陣鼻酸。老師要大家叫他David，亞洲學生還是喊他老師；認識師母時，同學們已喊她mom。六十九歲的老師沒有老，老的是學生。老師依舊一頭銀卷髮散布八方，年輕時有幾分叛逆氣，像英國頑童，如今較像老頑童；畢竟是英國人，舉止紳士依舊。師母是醫療保健顧問，長期的職業需求無法掩隱她的幽默與愛心。從前她就表示過，我是護士，頭銜是用來拿薪水和扛責任的。這些年不見，老師性格不變，坐下後直問，怎麼會跟這樣的事扯在一起？這涉及兩個當事人的名譽和清白。老師消息快，學生只提三個重點：

一、不認識那女學生；

二、門開著，我們站在門口談話；

三、整個見面不超過三十秒。

這樣精簡的匯報是不斷「演練」的結果。老師相信學生，直接的反應是，那女學生有問題。師母對丈夫的學生更有信心，開玩笑，他連你女兒都誘惑不了。老師故作輕鬆，我女兒這麼差嗎？大家客氣地笑過一輪，老師提醒，要有心理準備，在這裡你還得證明沒做過任何事，問題在磨人的證明。大概講太多遍了，略帶反感地讓老師知道，沒放在心上。老師仍替學生擔憂，即使事後證明你是無辜的，也不好再混下去，這才是重點。重重地點頭強調，我有心理準備。師母不想一見面就圍繞著不開心的話題，你就當放假，加入我們的度假團；漢學家兼語言學家當領隊，醫療保健顧問確保旅途安全，還有漂亮的英國小姐當購物導遊。老師是當年的碩士導師，回英國教書前，協助我到英國念博士，一家人離開後便沒再回來。他們的女兒Fish去shopping還沒回來，母女組成dory fish。老師建議大家先點菜，翻閱菜單時看著我瞇笑著建議，不妨考慮grilled dory fish。一愣，大笑。久違的英國式幽默。師母接口，這是他這一輩子最大的陰謀。

8

親愛的，你第一回接到通知時，對著上司照實說。

系主任對著電腦念：「他假借擋門，用手臂碰撞我的左胸。」

「不是！我撞到的是她的左臂。」你提高聲音，澄清。

主任定定地看著你，沒有表情，慣性微紅的臉認定你作無謂的激辯。

你望著他身後陽光普照的落地玻璃牆，想到度假屋、沙灘與白浪。現實是，聽一個無趣的中年男人向你耍官腔，指控你非禮女學生。當初建築設計在玻璃牆外種一排配合玻璃質感的九重葛，在煩悶的辦公室留下一面潔亮與紅綠爭豔。來到這個小房間，玻璃牆外反映牆內氛圍——一片肅殺；土壤龜裂，植物乾枯，倒傾，無趣的人連植物都放棄自己。你想起自己辦公室牆外三片一組的白色和橙色九重葛迎風盛開。

你覺得他有立場，質疑：「你不相信我？」

他冷冷地看著你，靠在椅背上，攤攤手：「我信你沒用。」

主任應該還說了些話，你沒聽，反正就不相信你。你放棄，低頭看見辦公桌上的全家福照片，你極厭惡部門小頭目如此裝模作樣地裝飾晒幸福。照片裡的人你都認識，熟悉——從前。主任講完，你以剛才他看你的表情回他，心想他應該有高血壓——聽說。

你肯定談話結束，轉身，開門。主任的聲音從背後追上：「學校會展開調查，隨時傳召你。」

之後你便對著層層的上司重複同樣的話語，每一層老闆都避免牽涉其內或做任何決定。球意料地一層層踢下來，你預感無法再待下去，果然被停課——被炒前奏。

辦公室走道末端落地玻璃牆過度曝光，泛亮內襲。你預感自己最終將被整片亮光吞噬。平日無人的走道，今天意外地碰上幾個同事，大家點頭微笑問好擦身而過心照不宣。整個系上都知道你涉嫌非禮女學生——「涉嫌」是你加的，你也從同事的點頭微笑問好裡讀到，早點認了吧！免得全系男老師陷入流言圈。

你很想就此炸裂灰散於泛光裡。

9

□月□日。另一晚或凌晨，他被吵醒，發現家裡來了好幾個人。媽媽跟那些人說話，見他醒來，趕緊過來抱他，沒說什麼或說了什麼。這次畫面與第一次——女人以筷子夾著小雞的畫面一樣，模糊、失焦，一旁全淡入，灰濛。第二次畫面沒那男的，女的肯定是媽媽，因為她抱起他，過後他又坐在她面前。至於第一次畫面中的女人是不是媽媽，不確定。兩次畫面時間應該相去不遠。

那些人在屋裡來去走回，東翻西看，跟媽媽斷續交談或查問，接著又來回踱步。

那些人走後，媽媽崩潰地將他放在桌上，自己跌坐靠背木椅——可能就是第一次畫面那男人坐的，雙手無力垂下，直直直地看著他看著他，像望著無物。他害怕，伸手要媽媽抱，媽媽神經質地被扯醒，緊緊緊緊地抱著他。他背著媽媽看著廳裡的側窗，天光微微地輕輕地顯現……天沒亮之前，記憶便模糊了；慢慢地，他從故事裡褪去，褪去。他想，他大概一下子就睡了過去。

那晚或那天凌晨之後，便不再見到爸爸。

這是他日後修補的記憶，不一定準確，但就這些。

10

老師與師母到大學拜訪，Fish不應酬，準備遊船河一探新加坡市區景觀變化。遊船河成了我唯一的選擇。相信我們——Fish與我——都視那天為Hogg's family的Asia Tour「插曲」。Fish小我十一歲，在新加坡出生，霍大衛的學生都看著她長大，我竟忘了她十歲前就學會游泳。Fish十七歲與父母回英國，兩年後我到英國，她已成熟得令人心動。老師開玩笑，比媽媽當年誘人。老爸的煩惱是，女兒約會太多。東方年輕人為學位而來，生活裡沒有「約會」這個詞。劍橋對東方年輕人而言，除了古老的建築，名家筆下的康河，冬天同學們回家或旅行去後，寂寥的雪白古城，就只剩老師一家無限的關愛。老師為排遣學生的寂寞與無聊，週末要女兒帶學生去relax。Relax可圈可點，全由Fish詮釋，參觀博物館、藝術館，溜冰、划船是relax；跳舞、喝酒、飆車，甚至吸大麻也是relax。大麻吸過幾口，在Fish極度要求下，為證明自己不單為學位而來，與眾人一起做了完全沒有把握的嘗試。吸大麻的感覺忘了，依稀記得比酒後更high，嘗試在控制不住自己的情況下約束自己，待在一旁裝睡。雪夜歸途中——那是人生的第一場雪，Fish突然停下車抱著我。只好輕輕回抱，看著車窗外的飄雪，在她耳邊說，回家吧！她不理，緊抱著我。提醒她，老師等著我們。其實也提醒自己，而且要講出口。雪來得快，車窗已布滿輕盈的白雪。她推開我，定定地看著我，有些怪罪與鄙視，Hypocritical Chinese。只得小聲勸，乖！我的妹妹。說完自己都心虛，唯一的解釋是，不能對不起老師和師母，所以只得看著車窗外新換的銀妝。Fish一愣，像聽到超級笑話，瘋狂地笑起來，瘋狂地將車開走，漫天雪花飄舞。那個如夢般的雪夜多年後仍會在夢裡飄雪。遊船河後，必須面對的是繼續與Hogg's family聚會，如何化解與Fish的尷尬。倒是Fish見面後，釋然暢然地先笑著與我打招呼，Hi!面對笑臉，所有的不知所措瞬間消除。只是，戳破「虛偽的華人」的面具是Fish不憓的遊戲，她總會故意叫我brother，只好回她

poor little fish，並自嘲是shark。淡淡幾句謔語，盡是各自解讀解套的情感。一直將老師當父輩——另一父輩是小舅；師母更不必說，都叫mom了。因此，才會在劍橋告訴Fish，乖！我的妹妹。無論是虛偽的華人、brother或shark，都感激Fish，並永遠記得她。我的人生因她有了重大的轉折。Fish才三十二歲，不敢對她有奢想，只希望能繼續當她虛偽的華人brother。

11

親愛的，出事了，朋友們挪出時間，喝茶聊天，一下子又讓你回到從前。友情誠可貴，卻一直在貶值中，不能以年增長率計，否則人到中年都是負增長。中年後大家像不需要朋友，如果不是發生這種事，不知道幾時才會聚在一起。

喝茶是阿祥提議的，現在靠他，三人——還有初院教師世修，才聚在一起。如果阿祥不主動，大家皆作人間蒸發。兩人聽你X遍的複述後，阿祥立即質疑：「整個事件——如果這是個事件，完全不『科學』，也不『男人』。第一、存心非禮女學生，怎麼會開著門，還站在門口？第二、設計讓門板關上，再非禮女學生，太麻煩了吧！萬一門板不關上呢？除非這個老師膽小又有心理問題。」

「厲害！你怎麼知道我膽小又有心理問題？」你自嘲，自演。「而且單身。」

另一辯護律師世修提醒：「設計一個不到一秒的非禮，能滿足一個非禮犯嗎？」

「都說被告膽小又有心理問題了。」你繼續享受被告的身分。「可能還是慣犯。」

兩人大笑，世修搖頭，同意：「這個老師確實有心理問題，被虐待心理症候群。」

你也發洩地大笑。

阿祥看在眼裡，關心：「這種事可輕可重，還牽涉到你的名譽，烈子怎麼不念舊？」幾乎重複老師的話。

阿祥這麼一提，從前的感覺又回來。烈子是系主任念大學時寫詩的筆名，大家習慣叫他的筆名；像阿祥，筆名就叫阿祥。大家年少時幹過無數幼稚無知又無聊瘋狂的事，就是一個單字福建話——孽（giat），頑皮，愛惡作劇。你憶起阿祥還有一個筆名，那時他委屈地說文章因筆名沒得發表，大家好奇他究竟用了什麼筆名。他小聲地，「性事比雅」，Sexpeare。「有一天念著莎士比亞的英文名字Shakespeare，念著念著靈感就來了。」大家痛笑，覺得不妨再試另一家報紙。稿件寄去了，很快就接到編輯老爺來函痛罵，說褻瀆偉人。最後那首詩還是見報，筆名換成「彼雅」。

有一回不知誰批評現代詩沒繼承傳統，世修特地從家裡帶來一個木桶，放在你們常聚會的小房間，四個寫現代詩的年輕人傳了一遍——傳桶，然後笑翻在地。小房間缺少字紙簍，那個做工精細的木桶就留了下來，往後有新人來，都得「傳桶」一遍，以示傳承——這是你們的傳統。

阿祥提起主任的筆名無端端讓你回到從前，主要是不知道怎麼回答阿祥的提問。你從不期盼別人念舊，那是很久以前，大家處在懵懂的成長期，都有一時之勇，憑藉興趣聚在一起，無時無刻地做一些孽代誌（giat tai tsi，惡作劇），包括寫詩。四年後大家各自散去，你和烈子留下來念碩士，世修赴臺灣深造，阿祥進入報館。那時沒有人知道，這是大家各自書寫人生的開始。

阿祥往事重提：「當年他還是我們幾個裡最想當烈士的。」

世修不屑，冷笑：「極端的人swing到另一個極端才可怕。」

阿祥轉說：「我一直相信人的劣根性，像老虎和獅子，都不覺得自己凶殘；烈子大概也不覺得自己不應該，公事公辦嘛！」

大家出來混這麼久，辦公室權力遊戲都領教過且嚼透，再說就是廢話，與本次集會相關的話題到此為止。雖然如此，整個晚上大家的關心仍教你感動，只是扯太多當年，白頭宮女，有些空，虛。大概喝了一點酒，大家還是努力接話：

「那你準備怎麼辦？」

「能怎樣？一直被問到證明我什麼事都沒做為止。」

「不是有人在算計你吧？」
「我沒得罪人，也沒擋人財路。」
「人家未必這麼想，要把人的劣根性算在內啊！」
「那我真的不可能去馴化老虎和獅子。」
散去前，大家沉默如雕石。

12

□月□日。爸爸自那個晚上後便沒回來，他問媽媽：「爸爸呢？」媽媽說：「去朋友家，一下子就回來。」

有一回媽媽帶他到屋後散步，一旁圓滾的夕陽相伴，媽媽說那是湯圓，就要下水煮了。往後的湯圓都被建築先吃掉。夕陽染紅整個僻陋的木屋村，靜物般，連人都紅了。走至池塘前，媽媽指著上邊的植物解釋，這些綠「樹」不用泥土，只要有水就能活，它們睡在水面，會長大不會長高，叫薸菜（phio tshoi），餵豬吃的。兩人蹲下來，欣賞大小各異的薸菜和盛開的紫色花朵。長大後書本告訴他另一個名字：浮萍。更明瞭媽媽那個黃昏的寓意。

有一次他趁媽媽沒注意偷跑出來，到薸池旁，想等爸爸回來。他不知道為什麼等爸爸要在浮萍池旁，大概在那晚之前，媽媽都帶他來這裡等爸爸。

兩個男人走過來，一人以福建話問：「小朋友，阮是恁爸的朋友，恁爸去佗位啦？（sio ping iu, guan si lín pe e ping iu, lín pe khi to ui lah? 小朋友，我們是你爸爸的朋友，你爸爸去哪裡了？）」

他看著他們，想說不知道，他也在等，不會表達，只能看著他們。他們大概以為他不明白，走掉。

他不知道為什麼會有浮萍池相關的記憶，而且是彩色的——綠色的浮萍和紫色的浮萍花，還有紅湯圓夕陽。不排除長大後從課本裡重新認識浮萍，加上對黃昏的既定印象，記憶自然跳接，汰舊換新，以2.0的彩色版出現。浮萍池的記憶也許來自閱讀——方壯璧的回憶錄。馬共「全權代表」方壯璧回憶，政治部人員搜查他在蔥茅園的屋子時，他沉入一長排浮萍池潛泳，逃至大成巷。浮萍池、大成巷讓記憶連結起來，重新refresh，刷新。三歲的小孩會趁媽媽沒注意跑出來，O.S.的畫面賦予內心獨白，這些是一次次連結、刷新後的記憶嗎？

他終於明白，方壯璧、浮萍池、大成巷都是鋪陳，帶出媽媽與他到屋後散步，欣賞浮萍，其實在等爸爸。

13

對Fish不曾有奢想。生命中許多際遇都不在人生日程上，原以為會「從此過著幸福快樂的日子」的，因為一些不可預測的遭遇，年輕的世界從此天崩地裂。物質運動不受任何改變停歇，生命的奔流亦如此，遇攔則改道，從此有了新景象，只是已無力討論幸或不幸；再不順，再轉。這是人生。「從此過著幸福快樂的日子」曾不是奢想地奢想著，很多人事物最後都如小舅怨歎的：「攏是命啦！（long si mia la! 都是命啦！）」哎！就是想再表明對Fish沒有奢想。扯遠了。都說中年男人囉嗦。什麼是中年男人的囉嗦？去看伍迪．阿倫的電影或納博科夫的小說。

14

親愛的，那時你們四人——阿祥、世修、烈子和你，還出版一份雜誌《龍馬獅》。

大學第一年大家安分地度過，大二過半，大家發現彼此都熱愛現代詩，阿祥和你偶爾還有詩作見報，他寫得比你好——至今仍如此，現在就只剩阿祥在寫。阿祥才氣過人，隨手一撒盡佳句，其他人都靠努力，努力寫詩好像為了證實「藝術是不能勉強的」。世修慣於長句，非子——系主任彼時筆名——剛好相反，強於短句。那個好勝的年齡，你不謙虛地覺得自己寫得不怎樣，也講不出特色。然則，阿祥有句贊語讓你過癮至今：「只有你最全面。」雖然知道「全面」等同沒特色。

那個奔放狂飆的年齡，大家無晝夜地聚集談詩論文，世界只有文學。你甚至覺得有必要辦一份雜誌，記錄你們精闢的見解與見證時代的作品。找當時的系主任談，慈祥的老師認為是好事，答應當學生的顧問，並幫忙籌錢。後來還騰出一個小房間，讓你們有個落腳處。沒有了後顧之憂，開始為雜誌取名，說好要有本地色彩，拒絕「獅歌」、「南風」之類俗不可耐的名字。談了一個多月，大家累了，阿祥開玩笑：「從龍牙門、淡馬錫、獅子城中選一個吧！」

你被觸動，半喊：「對！就叫『龍馬獅』，怎樣？龍牙門、淡馬錫、獅子城。」大家以為你開玩笑，大笑。世修先受不了：「什麼怪獸啊？」

阿祥接口：「叫龍馬精神更好。」

非子學起舞獅的音樂：「不是啦！是過年，舞龍舞獅。」

在眾人的笑聲中，你已決定，堅定地：「沒辦法啊！在蒼白、庸俗的文化裡，我們只得再造圖騰。」

眾人意外你的認真。你不放鬆，再問：「就叫『龍馬獅』，怎樣？」大家互望，遲疑之際，你拍板：「好！就這麼決定。」吩咐：「世修，你去畫一隻『龍馬獅』，可以參考《山海經》；非子，你去擬一篇創刊詞。」

你也不知道哪來的勁，要大家做這想那。你只怕人多嘴雜，永遠停留在談論的階段，知道必須有人作決定，而且，決定了就不再改。所以你決定了。關鍵是，大家好像接受你的分配，往後也慣於所有的事都由你拍板。

談完雜誌名字，大家繼續胡扯。接下來大家幾乎忘了這回事，依然聚在小房間裡評詩聊文學。不到一個星期，世修交了他的水墨「龍馬獅」——獅頭、龍身、馬蹄，乍看像頭騰雲駕霧的龍，一厚圓框圈住「龍馬獅」，讓這頭怪獸更立體。世修興致勃勃地說：「我還參考了一些拓片。」

非子相當欣賞：「簡直是圖騰。」

你順手在旁寫下：英勇、智慧、進取。

倒是非子的千字文慘不忍睹，第一句就套用你的「在蒼白、庸俗的文化裡，我們只得再造圖騰」，你不客氣地刪了六百多字，非子不至於生氣，還是很不爽地直看著你。你挑戰地反問：「誰有耐心看你的長篇大論？留著以後你做老師當課文吧！」其他人同意。

不知道非子的創刊詞還留著嗎？倒是文壇從此多了一隻不可一世的怪獸。

沒有時間的歲月裡，大家擠在小小的編輯部日以繼夜地黏黏貼貼，跑打字公司、印刷廠，回家後繼續寫詩。第二天接受大家的譏諷與嘲笑，逮到機會，也不放過別人。沒有社長，沒有主編，只有一個編委會——四人幫。

雜誌印出來，也只有四個人的東西，無數的筆名。重要的是，系主任還稱讚好，要大家辦下去。

至於大學四年怎麼混過？

Who cares?

15

□月□日。他帶著一瓶啤酒和兩包香菸，回到媽媽住的四房式組屋。這是當初一個剛回國的博士竭盡所能得以負擔的。

小舅不在，幫傭說在樓下喝咖啡。大舅、二舅都走了，而且都有家室，只有小舅單身，老來和媽媽同住。這兩年媽媽開始癡呆，最近連他都不認得，真虧有小舅。

三個房間有一個是他的，現在他少來，除非媽媽生病或學校放假。他很早就斷定，學校非久留之地，幾年前在學校附近買了一個小公寓，算是投資，上課的日子便住在小公寓。

他輕抱了抱媽媽——瘦得只剩骨頭，媽媽瞪大眼望著他，眼裡盡是空洞與問號。他再輕拍她的手，帶著笑意回看她。她笑了，笑意裡仍是問號。問幫傭，阿嫲最近有沒有乖乖，幫傭給了意料中的答案。

沒事做，打開電視與媽媽一起看。臺灣電視劇，看了一陣轉頭看媽媽，她顯然不「入戲」，倒是幫傭立即成迷。再次回望媽媽時，她已入睡。

無聊，轉了一陣頻道，準備離去時小舅回來，看見桌上的菸與酒，說：「現在酒跟菸都很貴，不要買了。」再解釋：「我早就戒了。」

小舅的話當然不能相信。「沒關係啦！戒了還可以再開始。」

小舅開心地大笑，像小時候作弄他後得意的樣子。

一個紅毛七十年代的新加坡

為什麼我會來新加坡？

李光耀說他是民主社會主義者，我也是左翼啊！投奔民主社會主義。這麼說牽強嗎？

回頭看，七十年代是大英帝國自二戰後衰敗的十年，經濟停滯，通貨膨脹高達百分之十二．五，罷工不斷。我來新加坡的時候，煤礦工人還在罷工。要等到一九七九年撒切爾（柴契爾）夫人上臺，英國才走出經濟陰霾。所以，從某個角度，還要感謝英國衰落，讓我出走。

一九七四年是我重要的一年，英國的沒落讓我想到東方看看。六、七十年代，東西方年輕人都做同樣的夢，充滿相似的理想，反主流，寄情想像烏托邦，這種反抗與想像包括反對政權壓迫，摒棄資本主義。其實，哪個時代的年輕人都一樣。

這樣的理想，在遼闊的東方大地由領袖親自發動實踐，羨煞我們這些西方年輕人。在美國，越戰是個破口，教帶有左翼思想，追求民主、和平的年輕人找到出口，走上街頭，衝向體制。這些人主要來自中產階級家庭，喜歡穿舊衣服、喇叭褲，男的還蓄長髮；他們服用迷幻藥，希望借此進入「自由世界」，人們普遍稱他們作嬉皮士。

除了具體的表徵，同時代還流行一個思潮——存在主義。第二次世界大戰後，法國哲學家沙特以自由為基礎，強調人的存在和價值，反抗並批判傳統，這些都是嬉皮士追求的。世界各地很快便掀起嬉皮士風潮。

我不是嬉皮士，不吸大麻，但我是左翼，反戰，嚮往中國推行的年輕人回歸農村，過公社生活，還膚淺地追崇道家思想。

一九七四年我三十三歲，心想再不來東方看看，這輩子大概沒機會；這當然也是嬉皮士追求的流浪生活。可是我膽小，找了大英帝國的前殖民地，還找了一份工作才來。

沒想到抵境卻無法入關。新加坡禁男人留長髮，認為這是受嬉皮士歪風影響，不利國家發展。新加坡的嬉皮士風潮有多厲害，需要政府明文規定？

我來之前聽說了，可是誰會想到真的有個政府無聊到派官員在機場檢查旅客的頭髮，這是什麼國家啊？新加坡有大把東西等著做，旅客的頭髮是最不重要、不必管的。當然，你可以解釋為發展中的新加坡標榜自己，與西方抗衡，博取國際媒體版面。也許我的頭髮長度還可以忍受，或者碰到的官員沒那麼嚴格，叫我到廁所用水將兩側的頭髮塞到耳後。我還答應他，通關後立刻去理髮。

嘿！我才剛踏上這個熱帶小島就上了一課。還好大學負責接待的同事已經到機場，要不然我大概會轉身回英國。新加坡算老幾，我的頭髮關你什麼事，分明是在羞辱人。不過我一直認為，我能通關是大學同事幫忙。我問過他，他笑而不語，百分百的公務員嘴臉。

後來才知道，新加坡內政部還給長髮下定義：

- 頭髮蓋住額頭，觸及眉毛；
- 兩側蓋過耳朵；
- 腦後超過領子。

這是集中營吧？

我來的這一年，新加坡有八千多男性公務員留長髮被警告，十一人被罰款，三人辭職，一人被開除。不要這樣看著我，這只是部分資料。我明天要去演講，先找你rehearsal（排練）。

因為頭髮的問題，喜多郎、Cliff Richard、Bee Gees、Led Zeppelin都不來新加坡演出，更絕的是澳洲的搖滾樂隊Little River Band還作了一首歌〈*Down On The Border*〉（在邊界上）：

And I never will go to Singapore（我永遠不會去新加坡）
The people there will cut your hair（那裡的人會剪你的頭髮）
In Singapore（在新加坡）

生活下來後，我倒鼓勵男人剪短髮。先是天氣實在太熱，不適合留長頭髮，我來了一個星期就自動去剪短頭髮，後來才想起，對啊！有被交代。因為天氣太熱，我認同這裡一個常用詞「沖涼」，沖涼絕對不是洗澡，純粹就是沖給身體涼，這是溫帶人無法想像的。當然可以用「淋浴」，但「淋」不如「沖」；「沖」掉身上的熱氣，目的是——涼，「浴」不「浴」一點都不重要。沖涼描述得最好的是李鐘玨的《新加坡風土記》：

自首至足，以水𩰅濯，如醍醐灌頂，透入心中，立解煩熱。

留長髮最要命的，是跟整個國家格格不入。那時整體社會充滿希望，戰後嬰兒潮年輕力壯，努力打拚，不計得失，雖然還看不到成果，卻讓人看到希望，這種積極向上的氛圍，讓人覺得這群人正朝正確的道路前進。

說說一九七四年的新加坡。

越戰從六十年代開打，到一九七四年已近尾聲，雖然如此，新加坡街上還時時可以見到美國大兵。可憐的美國年輕人，在越南森林裡殺人或被殺，如果幸運，一年後還活著，便有五天的 Rest and Recuperation（休息與休閒）。美國政府對他們不錯，讓他們回到人間的地方選擇還滿多的，檳城、吉隆坡、曼谷、馬尼拉、新加坡、香港、臺北、漢城——現在的首爾、東京、悉尼（雪梨）與夏威夷都是。這也是美國在亞洲和太平洋的實力，「亞洲四小龍」從這時候起步。可以想像那些美國年輕人來到文明社會後，如何消費這些城市。

那時常在坊間聽到有人開玩笑：「紅毛船到！（ang moh tsun kau!）」就是指這些美國大兵來消費，帶來經濟效益。我相信這句話肯定不只這個表面意思，應該還包括我這個紅毛（ang moh）。住下來好久後，問熟悉的咖啡店頭手（kopitiam thau tshiu，咖啡店師傅），他大概不想讓我難堪，簡單地說，專做黑的、黃的、偏的，才會等紅毛船。可見當地人對紅毛印象之負面，而且可追溯到大航海時代。作為紅毛，我當然不好受，更多的是對紅毛船帶來的負面效應尷尬與難過。從一五一一年葡萄牙人占領馬六甲，到一九七四年新加坡街上還出現剛從越南森林出來的美國大兵，一句「紅毛船到」精要、通俗地概括西方超過四百五十年來對這個區域甚至世界的掠奪。

我記得勿拉士峇沙路的二手書店，時常可以找到美國大兵留下來的雜誌，《*Life*》、《*Time*》、《*MAD*》、《*Seventeen*》，這些都是嚮往西方生活的新加坡年輕人認識西方的窗口。我倒是在那裡找到林文慶翻譯的《離騷》，還有他的英文小說《*Tragedies of Eastern Life*》（一個東方家庭的悲劇）。林文慶的小說不高明，像現在的肥皂劇。

新加坡被外國人談論最多的，是惡名昭彰的內部安全法令，允許未經審訊扣留任何「危害國家安全」的人。身為左翼，我當然不贊成新加坡的嚴刑峻法，它影響所有的健康行為，包括言論，言論又影響思維與視野。我問過同事，為什麼允許這樣的條例留在新加坡？

同事輕聲回我，噢！那是你們忘記帶走的。

我立刻被擊敗。一九四八年的緊急法令，許多英國殖民地都曾施行。在新加坡，後來由新加坡人出任的兩位首席部長也都沿用。內部安全法令還是馬來亞的，新加坡一九六三年加入馬來西亞，採用的馬來西亞法令。

我來不久後，珍珠坊前的行人天橋有一個土製炸彈爆炸，現場發現三面共產組織的旗幟和一塊布條，布條寫著：「熱烈歡迎馬來亞民族解放軍揮軍南下解放全馬」。

這一年有許多地方發現假土製炸彈、布條和共產組織的旗幟。到了年底，東海岸又有一起爆炸案，是馬共分子載著土製炸彈的汽車爆炸。這時你會回望緊急法令。

回英國後，離新加坡比較遠，看得比較清楚，算是事後的沉澱。新加坡或整個東南亞，甚至世界大部分地區，最尖銳的恐怕還是種族問題。種族問題延伸宗教、文化、教育、語言、生活習慣等問題。新加坡政府從種族問題裡走出來，所以獨立後國家信約一開始就強調，「不分種族、言語、宗教，團結一致」。不論馬共、南大、新馬合併，甚至新加坡獨立，都是同一個問題不同導向的出口，或是不同形態的呈現。新加坡的成功在於致力「不分種族、言語、宗教，團結一致」。

新加坡是個精彩的國度，馬來海洋中的華人國家，有四種官方語言——馬來語、英語、華語，以及淡米爾語（印度憲法承認的二十二種語言之一）。東南亞國家中，只有新加坡以華語為官方語言，另一以英語為官方語言之一的是菲律賓。華人占百分之七十以上的社會，國語是馬來語，英語為社會用語，民族語言都退為社群語言，這裡邊是環環緊扣的微妙地緣關係、求生智慧與有效管理。不管人們如何對統治者不滿——包括外人認為的獨裁或專制，小島仍過著先進國家的生活。政治的目的不外是讓人民過更好的生活，所以，新加坡政府從來不在乎別人的批評。我則覺得，每個社會都有其局限，讓他們以自己的方式生存，最終他們將為自己負責。

離得遠看得比較清楚，對照數目也一目了然。這些數字我的演講也會引用。

首先是新加坡政府一直強調的生育率，新加坡生育率低的問題七十年代已顯現，奇怪的是，具前瞻性的新加坡政府，竟然要十年後才急轉彎。一九七六年的生育率還有二．一一，第二年就只剩一．八二，從此不超過二，就是人口無法替代。到了一九八六年，生育率跌到一．四三的新低，新加坡政府不得不於第二年，將喊了十五年的口號「兩個就夠了」，改為「有能力就生三個」。可是到了九十年代，人口也只有三百五十三萬，七十三萬是外來人口。不到三百萬的人口，怎麼發展成先進國？

人口雖然不足，新加坡依然規定可以繼續工作的老人——一般在六十二歲——退休，讓年輕人接班，保持社會年輕化。接著的問題是，活躍的老人帶來社會問題。像把少年關進學校，以減少社會問題，解決老人問題的方法一樣，降低薪金，把老人趕回企業，兩全其美。

新加坡的企業在八十年代中，將一直稱為General Manager（GM，總經理）的企業部門負責人職銜，改為Chief Executive Officer（CEO，總裁）。這不只是職稱的改變，也是企業制度的轉變，從英國制轉成美國制。這也是個世界性的轉變。原本還鼓勵人們向日本人學習，宣揚終身只在一家企業打工的忠誠價值觀。CEO來了之後，日本進入平成年代，從一九八九年到二〇一九年的三十年，經濟泡沫破滅，經濟增長率一路下滑，平成年代成了「衰亡的時代」。沒有人再提向日本學習，興起的是美式的操作手段，行情不好就裁員，忠誠變笑話。這時候新加坡改而鼓勵終身——學習，在每一波浪潮來時，學習新技術，以求在大海中求存。CEO乘風破浪，還是CEO；雖然社會也向上流動，但沒達到那三至五個百分點的階層。

一個國家生育率低，意味人民生活水準已提高，至少是中產階級。從這個角度來看，新加坡在七十年代中已步入中產階級社會。

七十年代中新加坡人的收入如何？

我到這裡的一九七四年，新加坡人均收入是二〇九〇美元，很誇張，比十年前增加四倍，一九六四年才五一〇美元。所以，「馬來亞民族解放軍揮軍南下解放全馬」註定要失敗。一九八〇年以後的增長講了就是炫耀，這一年是四七三〇美元，一九九〇年是一一四五〇美元，二〇〇〇年是二三六八〇美元。

你大概留意到，我很少批評新加坡。作為左翼，我在新加坡過了二十年的好日子，明白魚與熊掌的取捨。馬來西亞第一任首相東姑在他的回憶錄《*Looking Back*》裡提到，所有的制度都有缺陷，這是人的本性。問題在人性。新加坡政府太了解人性，叫人恨得牙癢癢。

雖然我不一定喜歡這個地方，但我覺得我沒有資格批評新加坡，要批評應該在當下，就是我還在新加坡的時候，不是享受人家的好處，離開後才說人家的壞話。這是不道德的。不過，我保有隨時調侃與即興談論新加坡的權利。批評新加坡在新加坡以外絕對政治正確。一個地方做得跟別人不太一樣，又做得頭頭是道，要批評很容易。

新加坡還有一個快速增長的是——土地，六十年代才五八一平方公里，現在是七二八平方公里，五十年「長大」百分之二十五；整個馬林百列、樟宜機場、濱海城都是填出來的。新加坡極需要科技解決她的局限，包括飲用水與糧食。

觀察了這麼久，談了這麼多，我這個老牌左翼有時也滿迷失的。羅素說：「三十歲之前不相信社會主義是沒良心，三十歲之後還相信社會主義是沒腦。」能活到我這個年齡，已經不需要主義。

這樣的內容夠明天去演講吧？

出發探索遠方的精神

16

老師的rehearsal是我們約定吃肉骨茶（bak kut teh）好幾小時後的事。暫時放下老師的演講，先一起辨認幾個地點：

- 山仔頂
- 吻基
- 十八溪墘
- 十八間
- 南干拿路
- 北干拿路
- 吉靈街

老師提出要去「山仔頂」吃肉骨茶，山仔頂三字還用洋腔潮州話說，因久不習華人方言發音，幾乎無法辨識是哪種語言。知道老師講山仔頂——suan gian deng，是他後來想起好像在Boat Quay附近。請教谷哥（歌），上了地理與語文課。Boat Quay譯成「駁船碼頭」是新譯，早年翻譯成「吻基」。吻基？想死腦袋也不知道是什麼，更不明白前人是怎麼譯的。其實也沒錯，《說文解字》解釋：「吻，從口勿聲。」「勿」用於翻譯讀音時，加「口」旁，以示只取其音，繼續念「勿」。「吻基」是英語中譯，華人真正叫這地方作「十八溪墘」或「十八間」。這一帶以潮籍人為主，還要念成潮州話zab boih koi gin或zab boih goin。「墘」指旁邊、附近，「溪墘」就是溪邊。「十八溪墘」再參考「十八間」，就清楚地指出溪邊有十八家商行，就這樣，乾脆俐落。還有，溪字道出「母親的河」的「少女時代」，新加坡河早年並不寬大。問老師怎麼知道山仔頂，他說帶他來的同事告訴他的，不知道為什麼只記得潮州名，忘了英文名。這是有趣的語言心理學，研究漢學／中文的師生平白得了好題材。只是，沒聽同輩提起山仔頂的肉骨茶，谷哥也不知道，預計城市發展後搬遷或結束營業——這才是城市神話，所以先在附近找一、兩家當備案。車子開到駁船碼頭，找到停車位，抬頭一看，南干拿路和北干拿路路牌並現。南干拿路之前譯「哨干拿路」，小而不容人干拿，真正洋名為South Canal Road，水道南路。北干拿路早年叫「怒干拿路」，干拿了還帶不爽的表情，很emoji，洋名為North Canal Road，水道北路。很明顯的，這裡曾有一條水道。老師感興趣，像挖掘新題材，要我幫忙上網找，原來的「肉骨茶之旅」換成「山仔頂探索之旅」。我們沒繼續在熾熱的攝氏三十四度下尋找山仔頂肉骨茶攤／店，直接到我的備選名單，有冷氣的肉骨茶店去。老師仿若剛沖涼出來，帶出門的兩條小毛巾全濕，建議他醍醐灌頂或找洗手間抹身。趁老師上洗手間上網找舊地圖。一幅標示一八二二年之前的地圖繪有新加坡河，它不像現在只有一條主流，還有其他支流，形成不少小島與沼澤。位於現在南北「干拿路」（Canal Road）的支流只是其中一道，它從現在駁船碼頭店屋與大華銀行大廈之間的走道——以前也是南干拿路的部分——入口，往西至現在的「干拿路」北上，到德橋（Read Bridge）一帶，右轉出口，接回新加坡河主流。這道凹形支流，將它與新加坡河主流之間的沼澤地——就是凹形槽中間——形成一個小小島。繼續找山仔頂的資料，竟然找不到，不甘心，轉找英文資料，不知道該查什麼關鍵字，隨意輸入較為人們熟悉的Raffles place（萊佛士坊）。維基百科竟然說，萊佛士於一八二二年將新加坡河西南一座小山丘夷平，建成Commercial Square（商業廣場），準備把新加坡發展成「偉大的商業中心」，山丘的土壤則填在新加坡河南岸的沼澤地，形成今日駁船碼頭一帶。不好意思，新加坡河西南的小山丘就是山仔頂，這裡既然是Commercial Square，非洋土庫和洋行不可；華人的商貿則在吻基、十八溪墘、南干拿路和北干拿路等處，與以印度人商貿為主的珠烈街（Chulia Street）形成「大山仔頂」。珠烈街之前叫吉靈街（Kling Street），吉靈是新加坡和馬來西亞人對印度人的通稱，被認為有貶義，指社會最底層的印度苦力。為紀念從印度東南部科羅曼德海岸（Coromandel Coast）遷移到新加坡的Chulias印度人，吉靈街改為珠烈街。好了，溪墘、碼頭、水道、山仔都找到了，為的是吃一碗山仔頂肉骨茶。最後，山仔頂沒山沒頂也沒有肉骨茶，只剩兩個名稱，華人民間的山仔頂和官方的萊佛士坊——這是著名英國漢學家兼語言學家霍大衛Asia Tour第一站最大的收穫。老師說好久沒流這麼多汗時，我們的肉骨茶已快吃完，盛排骨、豬腳、豬肚、豆干的盤碗「四大皆空」。我不愛吃肉骨茶，都在講故事，主要不喜歡豬腸，連帶肉骨茶、粿汁（gue zab）、豬翻鹹菜（de huang giam cai，豬雜湯）等所有具豬腸的食物都少吃。老師又上洗手間抹身，趁老師不在，問肉骨茶店經理，肉骨湯裡放了哪些藥材或材料。雖然也知道一些，但如果老師問起，還是有完整的答案比較好。然後不禁失笑，還在念書啊，以備老師臨時出題。蒜頭、胡椒、八角、枸杞、當歸、川芎、肉桂、甘草……經理一口氣背完，後邊的記不得了，只記得經理說，流汗好！排毒，提高免疫力。沒有告訴經理，在冷氣空間排汗易感冒。新加坡天氣濕熱，先輩當估俚（印度話kuli，亦作苦力，意為勞工）天天付出體力與汗水，需要肉骨、內臟和藥材湯補充體能，提高免疫力；也需要去濕，化瘀活血，補脾益氣，清熱解毒。當年的勞工餐成了旅遊美食，絕對「憶苦思甜」。當然，估俚吃的不是現在的龍骨、豬腰、豬肝，吃得起就不必當估俚，了不起是黏著骨頭又刮不掉的少許筋帶肉。然後我們坐在紅山舊組屋的一家甜品店——有冷氣的，吃雪糕，喝咖啡。行程不在「旅程表」中，洋旅客聲明要走入「一般生活」，強調不要去中峇魯。老師開始他的rehearsal，師母和Fish不想吃這麼「野蠻」的午餐，難得放假自尋其樂。老師rehearsal完一直望著窗外，好一會才隨口問，有沒有想過，如果有一天新加坡不再發達，這些龐大的建築群要怎麼維持？

17

親愛的，學校不再是你的生活重心，像提早退休，這個機構所有的事物一夜間與你毫不相干，除了一則email。學校通知你，他們報警了。你一下子才驚覺——套用阿祥的慣用語，也只有這樣的話語能體現一個小老百姓必然的反應——「代誌大條」（tai tsi tua tiau，事態嚴重）。一直抱著逃避的心理，希望不至於糟到上警局，然而即使小老百姓也知道，事件順序發展一定如此。接到email那刻，逃避的心態彷若被雷重重地一擊，真實地感受事情發生了，你——真——的——涉——嫌——非——禮——女——學——生。之前已有數次閃電——包括主任的約談，只是你一直不當也不願意當一回事。

你不知道該怎麼辦或做些什麼，或者回學校，問下一步應如何處理？接著覺得可笑可憐兼可悲。半晌，由「代誌大條」想到阿祥，將email轉給他。

阿祥馬上回郵，找律師吧！這是上策，如果需要可幫忙；他也會跟同行打招呼，要大家高抬貴手。你這才見識阿祥的神通廣大，人脈深博。你肯定自己在學校待太久，一滾出校門便失去生存能力，不知所措。你要阿祥介紹律師，很快就接到律師的email。你質疑，阿祥究竟是幹什麼的？

律師先安慰你保持樂觀，要你把事故重說一遍，過後認為問題應該不大，要你接到警方的正式信函後通知他。

你問律師，就這樣嗎？律師回，是啊！就這樣。你再問，非禮罪刑罰如何？律師倒背如流，罪名一旦成立，最長監禁三年，或罰款，或兩者兼施，或外加鞭刑，看個別案情。你的case應該是誤會一場，不會有事。

你不放心，又問，這期間有什麼磨人的事嗎？律師答，不要先自己嚇自己，樂觀以待。律師案件處理多了，而且是別人的事，平常待之。初入衙門，大概沒有人會樂觀以待。最後問，我能做什麼準備工作保護自己嗎？律師幽默或不耐煩說，請律師；再提醒或舊語新說，樂觀以待。看清楚自己的題目，其實就是上個問題的另一種問法。

是啊！連律師都請了，小老百姓還能幹什麼？你無助地坐在一家咖啡館電腦前。咖啡館在一個老區橫巷裡，人人對著電腦交流，咖啡館功能又變了。本來這個時間應該在犯罪現場——學校的小辦公室裡，現在成了流浪街頭或發掘咖啡館的uncle。你問自己，就這樣犯罪了或者涉嫌犯罪了？你一直以為自己是個教員，說好聽，是個學者，從沒想過，如此貼近罪犯，只因在一分鐘內見了一個不認識的女學生。

你突然覺得這世界處處是陷阱。你又想到學校辦公室走廊盡頭整片恐怖的亮白。

18

□月□日。夜半醒來，意識轉了一圈，他肯定自己在組屋老家。沒回小公寓，太遠了，又不必上班。

四腳助步扶手架敲打著地板，媽媽半夜起來幹嘛？起身走出房外，幫傭扶著媽媽從房裡走出來。媽媽持著扶手架，看見他，問：「爸爸為什麼還沒有回來？」

他一愣，這是他小時候的問題，怎麼變成媽媽的問題？而且，爸爸不在已是「西元前」的事，媽媽為什麼會再提起？

「轉來了，睏了啦！你嘛去睏啦！（tng lai liau, khun liau lah! li ma khi khun lah! 回來了啦！已經睡了，你也去睡吧！）」小舅從房裡出來，指示幫傭扶媽媽回去睡，再對他以右手在右腦旁畫幾個圈圈。

媽媽遲疑著，小舅繼續：「去睏啦！無代誌啦！（khi khun lah! bo tai tsi lah! 去睡啦！沒事了！）」媽媽半信半疑地看著小舅，念念有詞地轉身入房。小舅轉過來對他：「你也去睡。」

躺回床上，他直看著天花板。

大概一、兩個小時或更久之後，朦朧中又聽到扶手架敲打地板的聲音，來不及起身，小舅已重複剛才的勸語：「轉來了啦！睏了啦！你嘛去睏啦！」他再也睡不著。

爸爸為什麼還沒有回來？

19

Fish形容自己是從新加坡移民到英國。約Fish吃午餐，多年來第一次。話題從她離開新加坡開始，Fish三十二歲的人生有一半的歲月——十六年在新加坡度過，所以回英國像移民。她無法適應，哪裡都不是家，雖然爸媽在身邊，一切卻不再熟悉，包括英語，那種心態與心緒很奇怪。最討厭的是還有個東方學生盯住，聽到後即刻說明白，小時候我媽就老是安排弟弟跟著我。對於新加坡，Fish只剩距離美：小時候痛苦地學習華文，只留住老師對異族孩童的關愛，還有簡易的華語會話；British Council（英國文化協會）的幼兒班，藍天下七彩飄飄的泡泡與童稚的歡笑聲，然後氣泡破了，童年消逝；荷蘭村海南人的異鄉西餐，雖然不曉得英國餐食味道如何，就是跟媽媽的不一樣；週末跟父母逛John Little（然利直百貨公司）或到Fitzpatrick's Supermarket採購家庭日用品，感受生活的美好，一度夢想結婚生孩子組織家庭；爸爸的學生們對她的忍讓與呵護，讓她度過公主般的少女時代，不信人間有險惡。這樣的美好記憶值得追尋，所以一早與Fish出來，先尋訪她的舊居，在Sixth Avenue附近，找到路名，找不回童居。童居已隨七彩氣泡消失，高檔住宅區世代交替，檢驗「富不過三代」的真理。下個行程英國文化協會是Fish幼兒班的記憶。舊英國文化協會在Singapore Rubber House。沒聽過，求助谷哥。建築不存，原址現在為「16 Collyer Quay」（哥烈碼頭十六號），黃金地段變換才是永恆。大英帝國二戰後開始衰落，仍有能力在金融區開辦文化中心與幼稚園。三十七層樓的哥烈碼頭十六號一下子就找到，蔚藍明亮的天空下彩筆般留下現代建築的幾何線條美，就是看不到頂端；鏡頭拉遠是人們在城市不成比例的渺小與孤寂。Fish回憶，印象中建築前方是大海與數不盡的輪船，立於濱海路邊，海風拂送，永遠有要出發的心情與探索遠方的精神。大海已移到鼎足而立的現代方舟——濱海灣金沙酒店後邊的後邊。新加坡長大了，留下的內海攔成濱海蓄水池，出發的心情與探索的精神不再，人們嚮往的是安穩地生活在理想的居住環境裡。英國文化協會後來搬到另一高檔住宅區——介於東陵區與植物園之間，彼時Fish已沒跟去。英國文化協會搬走是意料中的事，但連建築都不在就叫人失望。Fish毫不掩飾地批評，新加坡是架先進的CCTV，敏感敏捷敏銳地save所有利己事物，然而memory有限，邊save邊delete。不想儲存太多過往的人，適合來這個失憶之都。你們為什麼不需要這些？被問得突然，提醒，hello！你十六年沒來update，memory（儲存）真的成了memory（記憶），我們也得發展啊！Fish先說，發展與保留不衝突啊！大概覺得像在向我追責，轉說，這裡好些。「這裡」指的是植物園，Fish成長的另一記憶點，人生最美好的童年時光於每一棵樹與樹之間流竄，天鵝湖分享這段歲月。沒告訴她植物園於我的意義。植物園有棟已改為餐館的兩層樓黑白洋房，Fish的「這裡」更準確指這棟建於一九一〇年的建築，餐館有個恰如其分低調的名字——Corner House，處於植物園中部。餐館天花板高立，方形玻璃乾淨敞亮，一覽無餘；室內光線充足，陳設簡單，令人心曠神怡。戶外不知名熱帶植物環繞，偶爾樹葉飄蕩沙沙作響，突而鳥鳴劃過熱帶雨林園。面對Fish，覺得逆返至維多利亞時代，分享英國人極盡繁華的殖民地生活。她無奈，現在的新加坡跟我剛回去的英國一樣。突然很文藝腔地想到，Fish在兩地文化幽谷中踽踽獨行。她從沒向人提起，包括老師與師母。

20

親愛的，你第一次上警察局錄口供，除了律師，阿祥也來。律師提醒，不必緊張，照實說就是，可是表面的輕鬆仍無法掩飾小老百姓初臨衙門的怯懼。還好調查人員態度不錯，口供順利完成，令人鬆一口氣。

告別律師，想請阿祥喝茶，他另有採訪。你有些失望，立於交通燈前，在人群竄動間向阿祥揮手，心裡為下個目標茫然。你突然有一陣欣慰，多久沒這種感覺，人到中年像所有的觸感都蠟封了，要不是巨大的衝擊，絕不會教蠟封一角脫落。你很想留住或儘量延長這分失落。要承受這麼大的打擊才能喚醒感官功能，代價好像大了些。

小朋友寫爛了的作文開頭「一個風和日麗的早上」，歌曲唱絕的「一條日光大道」，都是你嚮往的早晨。你雙手插在褲袋裡，漫無目的地走著，中年uncle如此舉止似有些over，希望身體律動影響心情，將此刻歸類於瀟灑的行列。瀟灑嗎？人流快速地在身邊攢動，你終於自由地做自己人生旅途的旅客。這又是幾歲的文思？怎麼會有這麼多不合時宜的感觸。所有這些應該都是當時社會流行的套語、思維與肢體語言，積累或虛構了一個時代的「文藝青年」。

泡咖啡館也是當時認為瀟脫的事，那時不叫咖啡館，都叫咖啡座。你不得不找個地方坐下來，驗收當年的灑脫。

你記得的是，你們的雜誌出版後，預期地沒在文壇引起關注，倒是有不少同學投稿——其他系的，女同學居多。大家心照不宣地假公濟私，約女同學在餐廳見面，堂而皇之地「促進編輯與作者，以及同學間的感情」——你們都同意的「宣言」；不約在編輯部實在是小房間雜亂得見不得人，也不宜「公開」。烈子是不是也假公濟私，忘了，反正他後來也娶了一個寫文章的女同學。

從這個角度切入，你稍稍記起大學後兩年半在幹嘛。除了不分晝夜地做白日夢，就是辦雜誌。如果還有一點時間的話，就得感謝體內激素荷爾蒙的分泌，大家爭取與女同學共處——有目的、無目的的。

假公濟私後來還真的促進同學間感情。年輕人單純，在一起一下子就成了朋友，大家——男的、女的熟稔之後，只要有時間都往小小的編輯部鑽。

你不知道別人的成績如何，那時都搞地下情，你倒跟一個女同學「很要好」。「很要好」是還在「地下」階段，其實就是女朋友。

21

□月□日。「爸爸為什麼還沒有回來？」是他小時候最深刻的記憶與疑問。

那時媽媽老是告訴他，爸爸去外地工作，從「要幾年後才回來」到「沒這麼快回來」。有一天媽媽突然告訴他和弟弟：「爸爸死了！死在外地。」那一年他念小六，他和弟弟自然地哭起來。

近幾年，他開始相信「沒這麼快回來」或「爸爸死了！」都是媽媽在他們不同時期應付他們的託詞。「沒這麼快回來」是在哄他，「爸爸死了！」是媽媽被他們煩透了。他逐漸明白，媽媽打從心裡認為爸爸會回來，一直在等爸爸。晚年媽媽反覆地問：「爸爸為什麼還沒有回來？」證實四十年來她一直沒有放棄，一直在等爸爸——回來。

老人癡呆症沒奪去她這方面的記憶——對爸爸的思念。

魯迅私塾驪歌已絕響

22

老師投訴，現在玩Jackpot無聊透頂，以按鈕取代手柄；沒手柄就算了，連贏錢都看不見錢幣掉下來。人為錢亡，玩Jackpot貴在聽錢掉下來的聲音，抓住一大把錢幣的滿足感，還有為自己的幸運喝彩，對自己摸透陌生機械的征服感。誰需要高科技？這叫超科技，ultra technology。告訴老師，賭場不需要我們這種賭客。我們在濱海灣金沙酒店賭場裡，本地公民須多付一百元入場稅，這是賭場「負責任賭博計畫」中「社會保障」項目之一，跟賭場的氛圍一樣，讓人覺得文明而負責任。賭場冷氣適中，經典莊重的大廳，豪華的排場，免費的飲料，一切像一場奢華的饗宴，絲毫不讓人覺得正以金錢進行一場搏殺，掩飾人性的缺陷，合理化所有的行為。老師接著隨口提起，前幾天有調查人員到酒店「訪問」他，話題包括我在本地和英國的生活。老師安慰，沒事，對你有利。先是意外調查人員之神通廣大，再來不好意思讓老師被打擾。「沒事，對你有利」是老師接受「訪問」後的結論；此刻才說，因為他們明天就要走；一直沒提起，是不想我受無謂的影響；表現不想我受無謂影響的，是他傳達被「訪問」的方式與態度：隨口提起。配合他的「隨口提起」，也漫不經心地輕「哦！」一聲，再隨意按一下Jackpot按鈕。老師Asia Tour下一站是墨爾本，然後飛香港、臺灣、上海與北京，再回到新加坡。老師不解地說，新加坡除了吃，好像沒其他事可做。對老師的問題，指出文化上的差異，學小舅的口吻，以那種非常接地氣的「你有所不知」口氣告訴他，「食飽無代誌做（tsiah pa bo tai tsi tso，吃飽沒事幹）」是華人一輩子追求的最高境界，應該解釋為好命（ho mia），不是無所事事或遊手好閒。如果告訴朋友「食飽無代誌做」，肯定讓人羨慕得被打。老師略懂中國南方方言，以不可思議的表情看著我。沒告訴他的是，沒看到三棟五十五樓高的地標嗎？這就是新加坡要的旅客，消費消費再消費，以各種方式消費。煩惱是，新加坡值得帶老師去的地方太少，即使純粹消閒，除了天天吃喝，也不能幹什麼。老師拚命回想當年在新加坡怎麼過日子？那時總體感覺是簡單而豐沛，二十年後一切像豐裕了，卻都不合意。老師提議，還沒見識你們的賭場，保守的新加坡，賭場跟別人有什麼不同？會不會進門後立刻先向各大宗教贖罪，再大開殺戒。我們像兩個不合格的操作員，按了一下按鈕，交換一兩句話，沒看吃角子機的結果，繼續按，再聊。對老師最後要上賭場打發時間，還是覺得歉疚，真的不知道要帶一個在新加坡住了二十年的英國教授去哪裡。你懂得的新加坡比現在新加坡人懂得的還多。說完再添一句以加強前一句的看法，包括左派與馬共。老師像被提醒，你以前講過你爸是左派，在你小時候走了，有沒有更進一步的消息。沒想到會從沒地方去扯到爸爸，太會聊了。抱歉地說，最新消息是，媽媽失智了，像底片曝光，所有關於爸爸的資料都沒了。又見老師久違了的有意見卻不開口的習慣——點頭不語。本就沒賭癮的，因為大家不想再開口，一下子就覺得冷場，大家拿起免費冷飲，碰了杯子，各懷心事地喝著。好一會老師才說，你記得你的碩士論文嗎？訪問幾個左派，那時只想留下他們的聲音；這麼多年了，有些應該已經不在了。老師沒把話講完，似乎有些慶幸或惋惜，作為「當事人」，我則有滿滿的不好意思。話題再度卡住了，大家晚上又各有約，於是結帳，各輸整百元。告別時，老師握著我的手，關切地拍著肩。有消息立刻讓我知道。忍不住大大力地抱著老師，老師繼續拍拍我的肩，特別以華語說，記住，一切將會成為過去。

23

親愛的，除了辦雜誌，約女同學，記憶殘存的還有，你當時頗有目標地想研究中國現代文學，將魯迅當作入門，有一個時期大量地閱讀魯迅的作品；儘管世人已遺忘魯迅，你還是準備在四年內將《魯迅全集》翻完。

圖書館裡《魯迅全集》完整如新地立著，一代魯迅私塾驪歌已絕響，時代作別魯迅。你還記得，二〇〇六年魯迅的曾孫女，二十一歲的周環馨參加藝人吳宗憲的節目《我猜我猜我猜猜猜》時說，曾祖父寫的東西有點深奧，不容易理解。會記得這麼清楚，是學生告訴你，他們也同意周環馨看法。說穿了，都是藉口，就是不喜歡魯迅和他的時代。

你的大學時代只是「世人已遺忘魯迅」，沒這麼排斥。彼時你已斷續接觸魯迅的小說、散文和雜文，所以天才地準備從魯迅大疊的往來書信看起。一九三五年二月，去世前一年半，五十四歲的魯迅寫信告訴三十一歲的學生楊霽野：

中山革命一世，雖只往來於外國或中國之通商口岸，足不履危地，但究竟是革命一世，至死無大變化，在中國總算是好人。

你忽略「在中國總算是好人」，被「足不履危地」吸引，進而找孫中山的資料。從一八九五年至一九一一年十六年的十次革命起義，孫中山沒有一次在歷史現場。武昌起義時，孫中山在美國丹佛，獲知消息後沒立刻趕回中國，因為過去有太多失敗的例子，這回大概也不例外。孫中山兩個多月後回中國，十八省已有十四省獨立。

大夥聊天時，你總結：「所以，做人當為孫中山，莫做七十二烈士，如今誰還記得他們？孫中山卻流芳百世。留得中山在，不怕沒總統。」

大家鬧笑，非子突然排眾。「我寧可當烈士。」

大家立刻停止再笑，覺得自己渺小，窩囊，沒接話，一時也不知道說什麼好。

非子繼續：「總要有烈士喚醒普羅眾生，我不怕犧牲，我願意當烈士。」

非子這麼一說，大家更覺得自己是社會渣滓，還好阿祥緩頰：「開玩笑嘛！你聽不出嗎？」

非子嚴肅地：「這種事沒什麼好開玩笑的。」

大家面面相覷，悻悻然散去，此後叫非子為「烈非子」，後來覺得拗口，乾脆叫他「烈子」。非子自覺悲壯，自此筆名從「烈子」。

過後，你和阿祥還聊到「華僑為革命之母」，阿祥正色嚴肅地說，東南亞華人的媽媽都叫紅豆。為什麼？因為「紅豆生南國」。你笑到嘴歪，嚴肅的話題也接不下去。日後只要有人談到華僑為革命之母，總會想到東南亞華人媽媽的名字。

你認為沒什麼好悲壯，還是覺得當「國父」划算，繼續看《魯迅全集》，一九八一年版；畢業仍沒把《魯迅全集》看完，只知道魯迅也「足不履危地」。

24

□月□日。咖啡店風扇全速猛力旋轉，熱風無辜地逃難式四竄，相互排擠，可是氣溫沒因此降低，一室偪側、悶熱；氤氳的油煙隨熱風旋轉，分散，像為大蒸籠調味。

小舅坐在咖啡店走廊，比較通風，隨即是午後兩點的陽光避過建築，像所有熱帶野狗懶洋洋地斜伏在走道上午睡。小舅沒喝酒，陽光照在手上而不覺，帶著陽光的手不停地攪動著咖啡烏（kopi O，黑咖啡），如過動兒般時不時要玩一下茶匙。看不出小舅覺得熱。

他坐在咖啡店分界線內，避開陽光，避不開紫外線，避不開酷熱，背部滴汗已至股溝。他只能儘量表現得像小舅——不把陽光、紫外線、酷熱當一回事。不！小舅根本不覺得有這些。他不喜歡鐵茶匙碰擊「牙力」（ge lat，glass 諧音，玻璃杯）的聲音。兩人話不多，已接近沉默。他不知道該談什麼，攪動咖啡替代對白。他剛坐下不久。到樓上去，媽媽在睡覺，幫傭說小舅在咖啡店。沒事，跑下來。小舅幫他叫了 kopi siu dai ——咖啡少糖，然後各自喝自己的，上演實景默劇。咖啡店外停車場柏油路面，瀝青白色蒸氣上升。小時候小舅騙他地下有風吹出來，他真的跑到馬路上去感覺那股「風」，被媽媽看見，痛罵一頓，除了危險，也容易生病。小舅也被罵：「大人無大人款（tua lang bo tua lang khuan，大人沒大人樣）。」

大概情緒醞釀得差不多——他這麼認為，小舅輕聲說：「你媽媽最近才會半夜起來，問你爸爸為什麼還沒有回來。」輕聲對小舅這輩人，意味著關懷、事態嚴重。

他點點頭。

「不要緊啦！這種年齡一定是這樣的。」小舅指著太陽穴。「有點short（短路）了！」

他繼續點頭。

「我有叫工人帶她去看醫生。你這麼忙，不用特地過來啦！我看著就好。」

他喝著咖啡，沒回應。

小舅把要交代的講完，拿起茶匙又攪動著咖啡。他找不到其他動作或話語，也拿起茶匙，不知道是不是跟著小舅，攪動著咖啡。

有人經過，跟小舅打招呼，小舅指著他。「我外甥啦！（gua gue sing la!）」

他對那人禮貌地點點頭。

小舅說：「住三樓的。」再補充：「以前我們在芽籠七巷的鄰居，開裁縫店的。」

他完全沒印象。

小舅繼續攪動著咖啡，喝了一口，放下杯子，凝視著地板很久，像地板有值得盯著的東西，又像在思考，然後抬起頭。「也好啦！現在想起這些事。」

他沒回嘴，也把目光集中在小舅剛才看著的地板位置。媽媽開始失憶，卻保留對爸爸的記憶——她從沒忘記爸爸，只是現在開始用言語表達。

奇怪，小舅為什麼不會流汗。

25

Hogg's family在新加坡的最後一夜，再約Fish吃飯，餐館就在賭場頂樓，所以與老師分手時覺得有一點對不起他。離開賭場，小市鎮般的購物商場盡是各種超大、夢幻的液晶螢幕廣告，諸多訴求再再提醒，送禮物給Fish的必要。送什麼？螢幕上有服裝、手提包、圍巾、鞋子、香水……決定送香水，如果Fish不喜歡，最糟的情況下還可以當清香劑。店員禮貌地問有否特別愛好或送給什麼人。想了想說，英國女性，三十歲，開朗。店員找了一瓶，噴一些在我手背上讓我嗅。不知道還有什麼選擇，慣性地不愛作太多挑選，覺得清新就要了。Fish先到，大家禮貌地擁抱——過去沒有這一套。Fish坐下後整理露著象牙色圓潤的雙肩。肩下是單薄、極短的白上衣，除了露肩，也露上胸；下緣是一截無脂的腰，外加米色麻料長裙。對她的裝扮，嘗試為自己的衣著不得體解釋，剛跟老師分手，我們在賭場當Jackpot operator。Fish搖頭，預期地說，兩個無聊的老男人。點餐時，Fish點義大利麵，我點烤魚，發現Fish看著我，即刻會意，解釋，中年人為健康著想。再延續剛才的話題，跟老師分手後找到這個，送給你。將香水拿出來。Oh! My God! Fish 意外，接過，開玩笑，謝謝！你送的，即使是毒液，我也會噴在身上。這樣的說法，可作兩種解釋：

一、從沒送過任何東西給她，所以即便是毒液她也接受；或者，

二、因為我——一個特殊男性送的，無論什麼氣味都願意接受。

沒想是哪種解釋，看著她從小禮物袋裡拿出香水，打開包裝，噴在手背上，嗅了嗅分享，雖然不是我常用的，還是很喜歡。立起，吻了我的臉頰。將香水放回小禮物袋裡，再好奇，不是第一次送東西給女性吧？微笑點頭。Fish 愣住，哦！我的榮幸！轉問，你不會沒有機會啊！想了想，解釋，一直沒為自己製造機會。為什麼？故意擱下話題，看著外邊令人讚歎的城市燈火，想著答案要朝哪個方向發展，沒細細品嘗夜景，轉過頭來簡單地告訴她，你是幸福的。Fish 也換了語氣，有沒有想過找你爸爸？愕然笑起來，怎麼跟老師問的一樣？Fish 故作吃驚狀，是嗎？這還是我們父女第一次想法一致。幾時，我們的想法會一樣？笑著考慮一陣，不想當那麼艱難的角色。Fish 故意提到問題上，單身 hypocritical shark 也可以跟女性上床啊！故作認真思考，應該很難，你呢？Fish 簡短地形容自己，難以滿足的女人。因為你的家庭？小公主長大後，對世上所有的男人都失望？Fish 不否認，連我爸這樣的男人都充滿缺點，其他男人就別提了。開玩笑指出要點，那是你爸誤了你。Fish 轉而像在透露祕密，我媽叫我考慮你，說這個東方男人缺點應該比你爸爸少。我們同聲，hypocritical! Fish 繼續，我

最討厭虛偽的男人。故作開心狀，那麼巧，我把虛偽當美德。再追問，你老是說我虛偽，我到底哪裡虛偽？幾時虛偽？在Hogg’s family前，我一直是誠懇的。Fish故作不信，是嗎？那你告訴我，有沒有想過我的身體？先愣住，再半喊，Oh My God! 侍者送來食物，Fish示意一定要回答。笑著側過臉，在燈火璀璨的夜色裡，尋找那天跟Fish一起尋找的「哥烈碼頭十六號」。侍者端上烤魚，笑著對侍者說，吃魚有益身體。侍者禮貌地表示同意，是的，魚是人類最健康的食物之一。Fish偷笑。窗外漆黑的大海，沒有那天Fish講述的「永遠有要出發的心情與探索遠方的精神」，大自然在昏暗曖昧中釋放夜的神祕力量，安頓萬千心靈，也挑起各種欲望。近午夜才送Fish回酒店，Fish下車前，我們深深地擁抱，然後是goodbye kiss，隨之Fish帶著微笑看著我。我幫她將額前的長髮撥至耳後，說，有一年冬夜在劍橋，車窗外是一片飄雪的白濛，我們也這樣坐在車裡，你開車，我坐在你現在坐的位置。Fish甜美地輕笑。我們享受那停頓空白的幾秒，然後再抱她，她在我耳邊輕語，再見！小心開車。輕放開她，再將她額前的長髮撥至耳後，all the best! 她留下一句，I’m healthy food for human，下車關上門後向我揮手。帶著笑意踩上油門，將自己交給不知幾時已布滿迷霧的街心，像劍橋的雪夜。

26

親愛的，你喜歡這個名字——卡若琳。

投稿裡一個女同學的名字，商學院的。文章成熟，文字優美，情感細緻，可以直接投稿到報章。不像你們，「實驗性強，知音難尋」——卡若琳的分析；比較坦白的講法應該是不知所云，或曰眼高手低，可是人家都稱讚你們「實驗性強」了，就不好意思再貶低自己。當然，火花肯定是有的。這些非中文系的同學敢來踢館，底子皆一流，出手便顯風格。

開始是你約她，討論她的文章，後來是分享你的詩。算不算約會？但絕對是藉口。談了什麼？Who cares！你記得的是，還好她是商學院的，如果來中文系，你肯定沒得玩，你那幾首「實驗性強，知音難尋」的「詩」，經她說「你認為這樣會不會好一點」，頓時「老少咸宜」。那時你但覺知音難尋，唯有她了解你，比起阿祥、世修，簡直相逢恨晚。

她是典型的商學院女學生，一頭那年頭流行的花拉．芙茜（Farrah Fawcett）波浪形長髮，體態優美，無論穿長褲或裙子都好看，開朗、健談，社交能力強，與中文系的女同學簡直天淵之別。

你覺得自己發現另一種女性美，正是你尋找、期待的。

27

□月□日。那些人找不到爸爸不久，媽媽便帶著他搬家，搬到外公家，說以後我們就住這裡。

外公家在芽籠七巷，一間角頭店厝（tiam tshu，店屋），樓下開店，樓上住家。外公賣日常生活用品，小至牙籤、樹膠圈、髮夾、茶匙，大至火爐、煤氣燈、蒸籠等，叫得出名字的都有。

媽媽說，外公一開始是背著一個箱子，四處走動，拿著一個玩具小鼓左右轉動。小鼓發出聲音，要買東西的人聽到便叫住外公。後來箱子用腳車載，可以去多一些地方，再後來換成三輪車，貨更多了。生意好了之後，結婚而且開檔，再後來換成小店，最後搬來這裡。

外公家一些「原住民」好像不喜歡他們，「原住民」除了外公、外婆，還有大舅、二舅一家和小舅。小舅還沒結婚，沒有人知道小舅會一輩子不結婚。大家都說他像小舅，沒想到是像小舅不婚。

他們來了，住了小舅的房間。小舅搬到樓下，在店裡的小走道鋪一張帆布床，所以小舅要關店後才能睡；小舅的雜物就放在樓上小廳一角。他喜歡下樓陪小舅，不必聽媽媽嘮叨；告訴媽媽要跟小舅一起睡，媽媽大概覺得虧欠小舅，竟然答應。帆布床睡不了兩個人，都是等他睡了，小舅另在小走道鋪床墊，把他抱下來睡。原本小舅要睡床墊的，但怕他翻身跌下床。這是小舅說的。他聽到外婆告訴外公的是，媽媽堅持要他睡床墊，如果讓他睡帆布床，就是再把小舅趕下帆布床。外公說媽媽太倔強了，辛苦了孩子。他倒不覺得有什麼辛苦，只是偶爾半夜醒來，老鼠經過，很害怕。但是不能告訴任何人，包括小舅。

從那時開始，他幾乎由小舅帶大，因為搬來不久後，弟弟就出世了。

魯迅子弟L：自我流放的現場局外人

我一直記得一九五〇年一月六日，星期五，英國承認中華人民共和國，我們學校同時升起五星旗和青天白日滿地紅旗。

消息早上十點傳開，傳到我們學校，立刻有同學在操場上狂奔吼叫。平靜下來後，他們在操場上舉行五星旗升旗儀式，慶祝英國承認中華人民共和國。另一些同學雖然失落，卻不示弱，在體育場升起青天白日滿地紅旗，激動地誓言繼續效忠中華民國。

這是個大日子，大家無心於課，競相離開課室，一些老師也在人群中，選邊站或看熱鬧。我先遠遠地看著五星旗上升，再到另一邊，青天白日滿地紅旗也升起，兩邊來回走走看看後便回家。我家務農，不必上課就得回家幫忙，農家有做不完的雜務。

學校裡老師和同學本來就有兩派。三個月前，一九四九年十月一日，中華人民共和國成立，學校當天便慶祝新中國成立；九天後，十月十日，中華民國國慶，學校又慶祝。兩個慶祝會我都沒去，可以不必去學校我都不去，從我家踩腳車到學校要一個多小時；主要還是覺得他們兒戲，幼稚，包括那些老師。

那一年我二十二歲，念高二。學校有部分同學是戰後超齡的青少年，我就是。林清祥轉來念中二時已經十七歲，他第二年就離開。同學太小，無法溝通。一些初中老師，也只是我這個年紀。

其實無知的是我。沒有理想，不主動追求光明，只想趕快念完書，找一份工作，擺脫務農，擺脫窮苦。當然，也可以說我懦弱，貪生怕死，是毛澤東說的「對於革命取懷疑的態度」。我真的懷疑這一切的必要，會這麼想是日本人來了，面對戰爭才知道真正的敵我。現在和平了，又分兩派互相攻擊。中國每一次政治變革，在新加坡甚至東南亞的華人，就得敵我分明自覺而盲目地忙一個時代。潤之先生說，「敵我矛盾是敵對階級之間根本利益的相互衝突而產生的矛盾」，我們所有的矛盾，其實都以中國「根本利益的相互衝突而產生的矛盾」為矛盾。勝了又如何？輸了又怎樣？三幾年後，這些都成了虛詞，「幾度夕陽紅」。東南亞華人除了當「母親」——華僑是革命之母，提供金援，南洋富媽媽實在沒看清楚自己，忍心看那麼多人犧牲。從反清復明，歷經維新與保守，保皇與革命，到國共內戰，三百年來，人家爭權奪天下，為「根本利益」「相互衝突」，遠在四千公里外的我們，究竟要忙多少次才能放過自己，過自己的生活？我們的問題是殖民統治。奇怪！潤之先生的農民起義，竟然對我這個農民沒有吸引力，反而打動城裡的小資二代。

兩面國旗提醒大家，當我們談論五、六十年代的新加坡時，不應該只提左翼，傳統支持者還是選擇國民黨，而且還有保皇遺老，大家都維護同一個不同理念的中國，是提早四十年的「一個中國，各自表述」。當然，更多的是不理會哪個中國，為三餐奔波的中下階層。最後是土生華人——峇峇——排眾而出，華人圈子所有的紛爭都湮沒於歷史塵囂中。

你說你的論文題目是什麼？膠林之子：新加坡左翼文學研究。我家在武吉知馬一帶，都是橡膠園，不過要叫「膠林之子」又過譽了，也美化和僵化了——太過用力的另一面往往是愚弄。你們是從〈膠林之歌〉得到靈感吧？你聽過嗎？寄情於「紅日照遍膠林」的馬來亞樣板歌。YouTube應該有。人類已在月球「邁出一小步」，還能叫人回到最初的文化與宗教，將領袖當神膜拜，實在是當代人類偉大工程。

真的是「膠林之子」就知道，那時候橡膠產量已比椰子少，採椰子、榨椰油不見得比割膠、生產橡膠輕鬆，「椰林之子」更適合。七十年代還有年輕人跑到馬來西亞的礦場體驗生活，「接受貧下中農的再教育」，這就有點扯。這些口號都揪住知識分子最脆弱的一環，點到「進步青年」的穴上，讓剛步入社會的城市年輕人，在失去農村的生存知識後，失去著力點，心虛、自責，心甘情願地去吃苦，也是當代人類另一偉大工程。這說明每個世代年輕人之容易被牽動。奇怪，他們就是沒想過來我家「再教育」，我家也是「貧下中農」。

我是左翼，但不跟當時的左翼或馬共一起信奉毛主義。我應該是普及的左翼，就是追求自由、平等、博愛、和平，同情貧苦，反對暴力、剝削的普世價值觀。

我沒寫過什麼文學作品，都被說成是脫離群眾的小資產階級感情，所以就不寫了。後來才知道這些話都是毛澤東在延安文藝座談會上講的。可是，他們寫的我也不喜歡，就是樣板啊！模仿「延安文藝」，比如《李有才板話》、《小二黑結婚》、《荷花澱》，往後還有紅色經典文學，《紅岩》、《保衛延安》、《青春之歌》、《林海雪原》我都看了，就是不喜歡。不喜歡就沒書看，所以開始找之前的書來看。

不久後學校同學罷考，不知道要鬧到什麼時候。我想我這個年齡有些人已經當爸爸，出來工作算了，要學習可以自修，而且我弟弟妹妹還在念書。所以，高中沒畢業就到東部一所小學教書。沒念完會可惜嗎？不會啦！那時學校很亂，也很難再念下去。有沒有文憑沒那麼重要，注重文憑是後來的事。

學校離我家太遠，我住宿舍。這樣的生活改變，讓我有更多時間收集三十年代上海出版的文學作品。一九四九年之前，中國文學留下太多資產，各種風格發展各自的美學，那才是「百花齊放，百家爭鳴」，左翼文學太強人所難。

三十年代的文學作品漸漸地也不容易看到或已經有了，又看回左翼的書。因為好奇為什麼會有政治像宗教，從頭看起，看《共產宣言》，不喜歡，太挑釁了，只記得第一句：「一個幽靈，共產主義的幽靈，在歐洲大陸徘徊。」我聯想的是，共產主義的幽靈在世界徘徊。然後找《資本論》，不容易找，好不容易找到，又看不懂，只記得幾個名詞：異化、勞動價值、剩餘價值。隨著再找黑格爾的《辯證法》來看，也看不懂，只知道「正反合」。其他還有空想主義、無政府主義，反正追求時尚，都有讀沒有懂。

有一回下坡，逛了書局想去海邊走走，經過萊佛士酒店，在酒店大門旁的垃圾桶看到一本《時代》雜誌，封面是英國駐馬來亞最高專員鄧普勒（Gerald Templer）。雜誌我還留著，哪！你看看。鄧普勒調到馬來亞，馬共被迫退守泰南。我問酒店員工，以後有這種雜誌可以賣給我嗎？他說都賣給勿拉士峇沙路的書店。我沒去海邊，轉到勿拉士峇沙路的二手英文書店，雖看不懂，也算見識，開拓我的閱讀範圍。以後下坡，我都會到那一帶的書店走走看看，買雜誌或一些文字比較少的書，當成學英文，翻字典，有一句沒一句地查，查完未必全懂，但大概知道在講什麼。

有一次在舊書店裡，無意間聽到收音機裡播著〈大江東去〉，但唱成英語，好奇，問印度店員。店員說，是電影《*River of No Return*》的主題曲，就叫〈*River of No Return*〉，Marilyn Monroe 主演。當年大部分華校生不看英語片，除了語言隔閡，還因保守，認為英語片多不正派，宣揚不良思想，以情愛麻痺年輕人的心靈，甚至帶色情。所以，不知道有電影《*River of No Return*》，也不知道先有〈*River of No Return*〉英語歌曲，再翻唱成〈大江東去〉，更不知道誰是 Marilyn Monroe。

好心的印度店員幫我找了一個翻版——當年沒有版權觀念——卡式錄音帶，就是cassette tape，還有歌書。

我同時要了卡式和歌書，回家聽了再看歌書，才知道自己鬧了笑話。以前只聽音樂，現在對照中英文歌詞，才發現〈大江東去〉中文歌詞之優美：「看流水悠悠，看那大江東去不回頭，有時浪淘淘，它有時靜悄悄。愛情像流水，像那大江東去不回頭，永遠向東流，流到滄海不停留……」我起雞皮疙瘩，驚悚而惶恐，無法言語；我竟然聽靡靡之音，中英文都聽，嚴重的是，我還很喜歡。我怎麼了？坐在宿舍書桌前，傍晚的太陽從左側唯一的木窗暖暖地照進來，窗外一片迷惘，迷惘逐漸透入心裡。我頹廢、自甘墮落了嗎？可是，我卻覺得自己的人生打開另一扇窗，窗外是另一番風景和未知的可能。關上錄音機，我大聲地念著蘇軾〈念奴嬌．赤壁懷古〉：「大江東去，浪淘盡，千古風流人物……」更迷惘了。

後來找了填詞人司徒明的資料，才知道此君也是一個時代的縮影。司徒明原名馮元祥（一九一八—二〇〇六），祖籍浙江慈溪，生於上海，一九五〇年移居香港，其他筆名有馮鳳三、馮蘅、林達、司明等，寫劇本、小說，填詞，另一首耳熟能詳的〈今宵多珍重〉也出自馮元祥之手，用的是筆名馮鳳三。

逛二手書店也有一個不好的記憶。那時應該是七十年代中了吧！有一次聽到一個洋人在問，還有沒有林文慶的《離騷》和小說。我不知道林文慶把《離騷》翻譯成英文，而且還寫小說，想走過去看看，才走一步就停下來，突然想起魯迅的看客。洋人大概從眼角看到有人走近，抬頭向我笑了笑。我像被抓的小偷，覺得自己是個失敗的看客，想看又放不下民族尊嚴，只好回笑，假裝找書；當然演得很假，再度失敗，所以四十年後還記得。書店就只有那兩本林文慶的書，洋人付了錢走了，只有我還在那裡恨自己。很好笑，對嗎？

平靜無憂的日子讓我體會原來生活可以如此，可是生活從來不是如此，特別是那個時代。一個夜裡，被一陣強烈的爆破聲驚醒，立刻有人衝向我，將我從床上拉起來，隨即強將我的雙手扯至身後，壓低頭。一個聲音粗暴地說：「You are under arrest!」另一把聲音接口翻譯：「你被捕了！」瞬間，有人像找到什麼，剛才那把翻譯的聲音又說：「你私藏禁書！」我看一眼，就是那幾本左翼小說，比較嚴重的是還有《共產宣言》和《資本論》。我再看看床邊的鬧鐘，兩點十七分，隨後被拉起，穿了拖鞋經過被撞破的大門帶上警車。我記得那天是一九五六年九月二十七日，林有福政府抓中學聯學生後三天。我當然不知道更重要的人還沒被逮捕——林清祥與他的夥伴。

那幾本書是上回借我看的人——我離開學校之後，唯一還有來往的同學，借人收回後，順便來看我，忘了帶走的。我怎麼會把整疊左翼的書放在桌上等人來抓？我這個同學應該被捕了吧？三天前已經鬧哄哄地抓了一批學生，我應該是漏了補上的。問題是，他們為什麼知道我有這些書？

我被載到警局，現場有幾個人同時被抓，都不認識，應該是，人家都不認識我。被送到監牢時天已亮，我被丟進一個三人的牢房，裡面已關了四個人，我是第五個，我猜那陣子牢房不足。看過去，還是沒有認識的。四人主動自我介紹——老楊、小林、阿成和陳明，算是「歡迎」我這個新人。這些名字一聽就知道不是真名，我也隨便告訴他們一個名字，現在都忘了。我是唯一他們不認識的，所以他們不斷安慰我，知道我擁有左翼書籍被抓，竟然懷疑我的同學出賣我，這是我從沒想過的。我的同學為什麼要陷害我，對他有什麼好處？

我不安地過了一天，因為整晚沒睡，頭昏腦脹，無法集中精神，腦袋甚至有些麻痺，所以還沒有意識到害怕。夜裡半睡半醒，腦裡有太多問題等待回答。第二天精神好一些，所有的問題擠著湧現，圍繞的是：我的同學究竟是什麼人，為什麼接近我，再陷害我？緊跟著想到，只有幾本書，應該沒什麼問題；政治部的人會怎麼處置我，問我什麼。最後才想到學校，想到家裡。

這一天沒人理我。陳明被叫去問話，回來後臉上有明顯的手印。接下來幾天，他都被叫去，其他人好些，都只是一次。第五天，小林、阿成和陳明都被叫去，仍沒有人理我。唯一還在的老楊告訴我，不要有壓力，到時否認所有的指控，設法使自己脫罪，但不嫁禍別人。老楊停了好一會提醒，要留意陳明，他是政治部的人，參雜在我們當中臥底，這裡都是同一夥落難人，消息更多。他們每天把他叫去，再讓他被打回來，戲做過頭了，他參加那種集會，不需要問這麼多次，打成這樣。主要是演給我們看，讓我們相信他，也給我們心理壓力。

我看著老楊，裝著同意他說的。心裡的第一個反應是，老楊為什麼告訴我這些？究竟誰才是臥底？還有小林和阿成，他們是誰？才五個人就這麼複雜，我不適合與這些人一夥。我預感快輪到我，開始在心裡作模擬問話。

果然，第二天早上輪到我被帶去問話。我緊張地期待，像要去參加口試，希望長痛不如短痛，不要再玩心理遊戲。我被帶到一個小房間，三人審問我。其實只有一個，他自我介紹是陳副警監，只要我從實招來，一定不會為難我。我突然覺得像在看章回小說，很好笑，但不敢笑出來。他定定地看著我，我應該是滿泰然的，可能還帶有一絲笑意。

「告訴我你們的組織，誰給你的書，你又會傳給誰？我要名字。」

我如實告訴他：「是同學借給其他人收回來後，找我聊天忘了帶走……」話還沒說完，一個巴掌賞過來。我幾乎要還手，卻笑著看他。他應該看出我的笑意更濃。我不知道為什麼會這麼冷靜，後來我將許多在惡劣環境下做出超意識的舉動，都當作是這期間開發的潛能。我繼續：「我的同學是你們的人，已經被你們抓了。」我講出同學的名字，這不在我模擬的問話內；都被打了，我準備接受挑戰。陳副警監看了後面兩人，兩人介於點頭與不點頭之間。我知道，老楊說對了。

陳副警監冷笑：「你不必陷害同學來救自己，這樣的謊話我們聽多了。」

「他被抓在先，我不可能害他……」

又一個巴掌刮過來，我閃開。陳副警監見巴掌落空，另一手跟進，我舉手擋開。他氣極，瞪著我，隨即轉為冷笑，側過頭看一旁的兩個傢伙，走出去。那兩人立刻衝上來，抓起我，隨手揮拳，我來不及反應，失去重心跌倒。打鬥一旦倒下就永遠爬不起來，只能任由踢、踩、蹉，最後我被拖出去。老楊不是告訴我不會有事嗎？

原本還想問老楊怎麼一回事，看來沒機會。我沒回到原來的牢房，被丟進——真的用丟的——一個單獨監禁室。我躺在地上環視整個環境，頭上的日光燈泛白地亮著，日後才知道它二十四小時都亮著。除了門上那個三、四寸寬的小格子，另有個大概一、兩尺的小窗開在右牆高處，有鐵條間隔。大白天的，小窗的光線不如頭頂的日光燈。室內空氣不流通，加上長期沒有陽光照晒，潮濕的空氣帶霉味。比霉味更難受的是糞便和尿結合的臭味。一個供大小便的小桶就在身邊，然後是一張釘死的鐵床，床上有一張床褥，一張被單，一個枕頭；另外還有一個鋁製杯子，一支牙刷，一支牙膏和一條小毛巾，然後，沒有了。

剛才激烈的「運動」及面對恐懼，交感神經長期處於亢奮狀態，背部全是汗。不想動，很累，徹底被蠻狠與恐懼擊敗的累。我知道我完了。為什麼一場誤會會演變成單獨監禁，接下來還有什麼把戲等著我？人到這個地步，真的不想也不敢再想下一秒。算一算，來了一個星期。我還能撐多久？我慢慢地轉身，伏著用食指沾地上的灰塵，在牆角畫上六條短直線，再以一條橫線貫穿起來。一個星期。我必須自救，在這個沒有時間也不需要時間的斗室裡，我必須活得有時間感，讓時間帶來時序，感覺生命，否則我與沾在食指上的灰塵沒差別。然後，我大力用手摩擦地板，站起來，在與門同一邊的牆上，以沾滿灰塵的手寫著：

假如生活欺騙了你，
不要悲傷，不要著急！
幽暗的日子裡，要平心靜氣：
相信吧！快樂的日子將來臨。
心，永遠向著未來；
此刻是沮喪的：
一切都是瞬間，一切將成為過去；
那過去的，將是珍貴的。

突然想起普希金，想起他被幽禁時寫的〈假如生活欺騙了你〉，明白過去不明白他所講的。是的，生活欺騙了你，你必須相信快樂將來臨，這時候的生命必須有希望。接著想起魯迅，在牆上寫下他的〈自嘲〉：

運交華蓋欲何求，未敢翻身已碰頭。
破帽遮顏過鬧市，漏船載酒泛中流。
橫眉冷對千夫指，俯首甘為孺子牛。
躲進小樓成一統，管他冬夏與春秋。

是的，被誣告躺在囚房裡，最能體會「躲進小樓成囚犯，不知冬夏與春秋」。如此莞爾，情緒也告緩解，身上的傷痛處處湧現。

午餐送來，勉強吃完。我必須有力氣，儘管飯裡有砂，反正時間是多餘的，我將砂子一顆顆挑出來。午餐配有一隻煎Kunning魚，煎得太油，還是好吃，就是現在流行的，有「媽媽的味道」。我們都把Kunning魚譯成「君令魚」，正確的名字英文叫Yellowstripe scad，中文是「金帶細鰺」，不過不會有人這麼叫。這是我出獄後找的資料，為的是感激Kunning，牠熟悉得讓我安心，用現在的話，就是comfort food。我當實驗研究般剝開魚，挑出一條條的魚骨，這也花了不少時間。以後我都這麼對待三餐，感謝自己還活著，感謝這些食物讓我繼續活著。

比較慶幸的是，每天有兩次機會走出囚房，早上七點和傍晚六點。早上洗刷、沖涼後，還有半小時散步。我珍惜每一秒的自由，雖然仍在牢裡。沖涼是奢侈的，從沒這麼仔細地沖涼，從頭髮到腳趾，都占據生命的部分時間。散步更不必說，只有這個時候，時間才對我有意義。要不然，今天、昨天，甚至明天都一樣，我需要填滿每一秒，以免因日而復始的困厄、寂靜與蒼白而瘋狂。最重要的是，不知道這樣的「自由」幾時會被取消。

我大量地收集灰塵，最好是黑的，黑塵。在沒有盡頭的窒息裡，嘗試每天抄一首詩在牆上。所以，第二天有了卞之琳的〈斷章〉：

你站在橋上看風景，看風景人在樓上看你。
明月裝飾了你的窗子，你裝飾了別人的夢。

〈斷章〉讓我感到溫馨，文學的美，在汙濁、恐懼中，確實能洗滌心靈，淨化自己，暫時卸下所有的惶恐與暗黑。我想起豐子愷的漫畫，簡單的線條，似拙似稚的構圖，我甚至在詩旁畫插畫。我從不知道自己能畫，不過也只有在這時候，之後我沒有再畫。出獄後，牢裡的畫面不斷在夢裡吞噬我，幾乎每一晚，我總要在夜半坐在菜園裡看月亮至太陽升起。再畫畫不但不能緩和我的心緒，可能喚起更多的不安。

我知道政治部的人跟我玩心理遊戲，只有繼續把記得的詩抄下來打發時間，像準備展示書法般用心，或文章欣賞，同時勵志自己。朱自清的散文〈匆匆〉我只記得開頭，也寫下來：

燕子去了，有再來的時候；
楊柳枯了，有再青的時候；
桃花謝了，有再開的時候。
但是，聰明的，你告訴我，
我們的日子為什麼一去不復返呢？

我發現自己像來牢裡考華文，而且還跟作家們有來有往地聊起來。再一天，我記下泰戈爾《漂鳥集》裡的一段：

今晨我坐在窗前，世界如路人似的，停留了一會，向我點點頭又走過去了。

這應該是我背詩，抄詩最勤的時候，就在我準備寫下冰心《繁星》片段的第五天，守衛的辜加兵帶我去問話，還是陳副警監和另兩人。

「坦白告訴我，那些書是誰交給你的，你準備傳給誰？」

我不知道怎麼回答。真話講過了，他不信，我不可能編故事騙他。

「我們也知道通常不會這麼快就有答案。這是一個過程，過程中有人會產生幻覺，然後不知怎麼搞的，跑去撞牆；有些人會脫下褲子，綁在那個窗口的鐵杆上，吊頸自殺。這麼高，不懂他們怎麼做得到，真厲害。」

他在暗示我，隨時可以用這兩種方法讓我傷殘或死亡。我還是不知道怎麼回答，或者，他根本不想我回答。

「沒關係，慢慢來，大家有的是時間。」

這時門被打開，一個洋人進來，陳副警監立刻站起來，三人同時立正，喊：「Sir!」

洋人坐在剛才陳副警監坐的位子，看著我的資料，再以福建話對我說：「我是Commissioner Robertson，聽說你毋肯合作？（ga si Commissioner Robertson, thiann kong li m khing hap tsok? 我是羅伯申警監，聽說你不肯合作？）」

我以福建話回，以顯示我不是「進步青年」：「誤會啦！遐的冊是我的同學提來袂記提走的。恁應該繼續檢查我其他的冊，敢若……（goo hue la! hia e tsheh si gua e tang oh theh lai be ki theh tsau e. lin ing kai ke siok kiam tsha gua ki thann e tsheh, kann na... 誤會了！那些書其實是我的同學拿來忘記帶走的。你們應該檢查我其他的書，比如……）」我突然想到我的英語卡式。「我嘛聽紅毛歌（gua ma thiann ang mo kua，我也聽英語歌曲）。」然後，我唱起來：

There is a river called the river of no return,

Sometimes it's peaceful and sometimes wild and free.
Love is a traveler on the river of no return,
swept on forever to be lost in the stormy sea...

洋人沒表示什麼，我接著唱另一首：

Only you can make this world seem right
Only you can make the darkness bright
Only you and you alone can thrill me like you do
And fill my heart with love for only you...

我準備將我那卡式裡的歌全唱完，不過還沒唱完洋警監已經走了，連我的檔案夾一起帶走。我隨即被帶回去。

不知道接下來會發生什麼事，倒是陳副警說的那兩個可能性——被抓去撞牆或上吊，不斷在我腦裡的小劇場演練、盤旋。我不能靜下來寫詩，只能大大聲地念著牆上的詩文，占去腦裡兩個可怕的意識。

醒來時不知道是什麼時候，只能看著高牆上的小窗，後來發現那也是個鐘。小窗連微弱的光線都沒有，顯然是夜晚。每個夜晚我都醒來，望著五面牆發呆，為了不讓自己陷入人性的脆弱點，我都會將視線留在某一首詩上念著。常常是念著念著，那些文字逐漸脫牆飛出，尋找出口般四處竄動，隨我的語速疾緩，直到我沒有力氣，才紛紛墜落，消失。這時我才發現，屋頂的日光燈還亮著。

我記得的詩文都念完，那兩個念頭還在我腦裡撞擊。我看著牆上高掛的小窗問自己，他們要怎麼將我的褲子拉下，綁在窗口的欄杆，再將我往上掛。答案簡單得讓我驚駭不已，他們只要拿一架梯子，隨便綁一件褲子在小窗上，再將我捆綁，吊在褲子上，然後拿走我的褲子。就這樣。

我下床，細細檢查牆面是否殘遺血跡，直到累了，躺在地上，看著上空的文字螢火蟲般飛飄伴我入眠。

我是被幸加兵叫醒的，說我可以走了。我不相信，也沒太大的反應，看著他。我的案子還沒著落，不可能這樣就走，我只可能更糟，但是已經單獨監禁了，還有更糟的嗎？我極度害怕，不受控制地尖叫：「我不要出去！」幸加兵吃驚，待我完全冷靜後，再說，不行，你一定要出去。我看著他，問：「出去？」對方肯定地點頭，我不相信，再問：「出去？」對方再點頭。我不知道「出去」是什麼新懲罰，但是禍躲不過，不接受只有再度被傷害，最後還是要接受新懲罰。我點點頭，默默地往牆角畫多一條直短線，再數一數。十二天。我被安排去洗刷，沖涼，吃早餐，這一切我都以極緩慢的速度進行。我不知道「出去」意味著什麼，辦完所有的手續，踏出監牢鐵門後，發現他們沒有其他動作，才意外地證實自己自由了——我突然癱瘓跌坐在路邊，虛脫得全身無力，莫名地掉淚，不斷地顫抖，隨後嘔吐，耳鳴，眩暈，所有的恐懼直到現在才化作生理反應。我一直坐在地上，坐在自由的地上，讓自己完成獲得自由的生理儀式。

我自由了，我的人生也從此改變，我是一個有犯罪紀錄的人，這個紀錄將伴我一輩子。我先回學校，向校長道歉並辭職，再回宿舍簡單地收拾，沒帶走一本書，我準備和過去告別。

回家我只告訴父母不教書了，回來種菜。父母以極不解的眼光看著我，也容許我這麼做，他們知道我事出有因，而且菜園永遠缺人。我也只簡單地告訴大妹，並提醒她我們可能被騷擾，叫她要有心理準備，包括家人的安全。

沒料到接下來找上門的是三方面的人馬。先是學校裡的左派，我不認識的，但知道他們應該與那個誣告我的同學有關，我討厭這批人，不管是真左還是假左。我記得最後剛好我們家一隻瘸了的黑狗經過，我指著黑狗作結束：「你以後最好不要在這裡出現，我會把你打得像那隻狗一樣。那隻狗就是不聽話才變成這個樣子。村裡狗寮多的是，我可以把你關在裡面當狗養，讓你這輩子踏不出這個村子。」其實黑狗來我們家時已經瘸了，是媽媽收養的。

那人連聲道歉後走掉。我沒想到我也能像陳副警監般撂狠話。狠話沒用，好漢不吃眼前虧，那人隨時可以在暗裡弄我或我們家，所以我一直沒踏出村子；還有，反正夜裡會醒來，我就坐在菜園裡等待天明，以防偷襲。

再出現的是學校的右派，人家能摸上門就表示熟門熟路，我絕不放鬆，以對待左派的方式說同樣的狠話。不過，那時黑狗遠遠地在田裡一拐一拐地趕麻雀。

最後找上門的竟是羅伯申警監派來的人，我不知道這個時代這麼需要我，受寵若驚。我只能要來人傳話，感謝警監專業對待，雙親老了，菜園忙，感謝器重。我雖然不喜歡前兩種人，怎麼說都不能為虎作倀。

因為這三組人，我幾乎半年沒有踏出村子。也好，那陣子林有福政府鬧得凶，一直在抓人，我出獄不久的十月二十五日晚上，警方又大肆逮捕左翼分子，包括林清祥。

兩年後我結婚，都三十歲了，太太是妹妹的同學。我不隱瞞，她也應該知道，我還是告訴她我如何被關又出來，感謝她肯也敢收留一個有政治案底的人。慶幸的是，當初看清自己不適合與那些人同夥。如果留在文教界或繼續在同一圈子，每一次政治事件，我都可能牽涉其中，進出監牢，以至將遭遇聚升為悲情，特別是不可回避的語文語言問題。

農夫生活不至於「采菊東籬下，悠然見南山」，不知人間歲月，然而簡單，簡單就是快樂。我繼續接受新資訊，新知識，慢慢掌握英文，不至於與世界隔離。

平靜的日子一直讓我有「風暴前的寧靜」的擔憂。還好，最終出現的只是騷擾。一九六一年七月人民行動黨分裂，我牢裡四個五天的同房，有兩人來找我。先是老楊，說他們新成立的政黨需要我的支持，我直接回拒，沒有商量的餘地；幾天後，小林也來找我，說他留下來，希望我能加入。我也明白地告訴他，我已經拒絕老楊，不能接受他的好意。

兩年後小林又來，又是一次選舉。小林強調攸關國家前途，希望我出來。最後他大概很失望，直說：「你何必這樣自我流放。」我只得重複告訴他，我不適合政治工作，希望他們當選後能為國為民。

我的意志這麼堅定，大概受了存在主義影響。歐洲人在第一次世界大戰後，對文明失望，質疑生活的荒謬，認為人生沒有意義。我很遲才接觸存在主義，所以對沙特的「人首先存在著，在這世界上遭受各種波折，爾後界定自己」非常有共鳴。我更喜歡卡繆，他說，人生是荒謬而沒有意義的，但應該在沒有意義下尋找意義。這對我很重要。生在動亂的時代，因為一次荒謬事件，從此被社會遺棄，找不到出路。我非常感謝存在主義。

後來，沙特和卡繆不和，牽扯出我興趣的課題。一九五一年，卡繆與歐洲左翼從媒體得知，史達林獨裁，清洗、鎮壓黨政軍；他們不再支持蘇聯，歐洲的左翼轉而發展成「新左翼」。沙特則繼續擁抱蘇聯，直到一九五六年蘇聯坦克開進匈牙利，才不再相信蘇聯。回過來看東南亞，許多人要等待一九七六年文革結束，甚至八十年才逐漸放棄信仰。

這麼講不是要證明什麼，那是個沒有是非的時代，也不存在幸運，只有不幸與更不幸。我這一輩子都在窮苦與惶恐中過日子，都在設法遠離窮困與惶恐。

為了避免無謂的騷擾，加上菜園非長遠之計，我離開農村，到竹跤（tik kha，竹腳）開雜貨攤。雜貨攤是頂人家的，時常送菜去，雜貨攤老闆要回中國，央求他轉賣給我。

雜貨攤後來發展成雜貨店，雜貨店後來又被淘汰，我也被淘汰。現在無所事事時還會想起學校升起的兩面旗，圍在旗下的同學，覺得有點荒謬，有點悲哀。

我到現在還在做惡夢，傷害是一輩子的。文革後我也接觸一些中國地下文學，有一次翻到黃翔的〈野獸〉：

我是一隻被追捕的野獸
我是一隻剛捕獲的野獸
我是被野獸踐踏的野獸
我是踐踏野獸的野獸

我的年代撲倒我
斜乜著眼睛

把腳踏在我的鼻梁架上
撕著
咬著
啃著
直啃到僅僅剩下我的骨頭

即使我只僅僅剩下一根骨頭
我也要哽住我的可憎年代的咽喉

我霎時質疑，他寫的不是文革嗎？怎麼跟我的感受完全一樣？

那抹淡淡的迷霧

28

老師走了。在小小的公寓裡掏找幾乎被遺忘的碩士論文。論文經裝訂，用塑膠袋包裹，以顯慎重與珍重。整份列印稿因長期擠壓，歪斜，發黃；塑膠袋年久斑剝，拿起時脫落成碎片，與灰塵一起紛飛墜落。這麼壯觀的場面，只能與一隻立於玻璃牆外的八哥共賞。八哥真好，沒有這種包袱。這是當初不曾意料現在不意外的，一再證明人與時、物的關係。當初的最高榮譽，最後一疊沾塵的雞肋。不知八哥作何感想。要不是老師提起，這份論文將繼續躺在儲藏室，繼續證明人與時、物的關係。將前三分之二所謂研究丟在一邊，重溫附錄的人物訪問。已快二十年，訪問魯迅子弟L，題目還擬為「膠林之子：馬來亞左翼文學研究」。L是學校一名老師的朋友，算是「膠林之子」，只是他不完全是左翼，似乎不符合要求。老師交代，先整理再說。L是那種一看就知道經過歲月淘洗，堅定，剛毅，絕不是一般雜貨店老闆。老師感歎，這樣的人很多，不屈於現實，自我流放——老師與小林都這麼形容L，但也限於那一代人。訪問L一個月後，一個寂寥的夜裡，意外地接到自稱他太太的電話，說L走了，在接受訪問一個星期後。L太太平和地說，他以前一直悲歎沒有一晚睡得好，沒想到這次睡得不捨得醒來，人能放心好好睡就表示一切沒問題了。放下電話，慣性地走到落地窗前換一片思考的天空。窗外公園漆黑一片。媽媽睡了嗎？她應該從沒好睡過，從爸爸不在那一天或之前已開始。常站在牆邊的八哥也睡了吧？牠應該睡得好。就在關心八哥的同時，眼前「燈泡」突然亮起來——L在二手書店遇見買林文慶英文版《離騷》和小說的洋人，不就是老師嗎？

29

親愛的，你確定自己喜歡這樣的女孩子。

卡若琳臉上永遠帶著一絲笑意，淡淡的，時刻感染旁人。你希望自己如此，就是辨不到，原因很多，多年後當然知道是性格所致，也明白有些人天生笑臉。

她最教人心動與心折的是，明亮帶一絲笑意的眼睛常會飄過一抹薄霧。你無法明白這瞬間的變化，一直迷失在笑意與迷霧裡。

30

□月□日。他喜歡外公的店鋪，每樣東西都好玩；更喜歡店外的大街，整條街就是一個流動市場，兩排商店幾乎營業十五、六小時，換成現在的概念，都是7-Eleven。加上流動攤販，轉用現在的概念，就是一座購物中心＋超級市場＋小販中心。所謂的購物中心、超級市場與飲食中心，都從這種雛形蛻變。後來我們所謂「消失的傳統美食」——又要「傳桶」——或「消失的行業」，這時都是人們的日常飲食或糊口手藝。

大街午後便沉寂下來，像農曆新年，只是少了鞭炮。攤販們只營業到中午，過後街道又恢復通車，車子極少。一切像虛構，天天如此後現代地上演，動與靜，虛與實。小孩不懂這些，只是奇怪怎麼突然所有的東西可以一起不見。

小孩喜愛熱鬧，好奇心強，比他大的表哥表姐都不帶他去遊逛。他得趁媽媽沒留意，才有機會閃到街上去。那裡隨便什麼，每個細節都精彩。他喜歡看小販宰殺牲畜。比如殺雞，雞販從方扁的鐵絲籠裡抓出一隻雞來，一腳輕輕tahan（馬來語：頂住）著雞身，一手抓著雞頭，另一隻手快速地一刀橫過雞頸，鮮血立即噴出，雞販將雞血滴在盆裡，滴盡後隨手往一邊拋——那兒都是剛被宰殺的雞隻，大部分還未斷氣，都在痛苦地掙扎。每隻雞都有自己在生命最後階段的結束方式，有的不停地在地上拍打翅膀，轉圈，鳴叫；有的立起，走幾步跌下又掙扎著起身，繼續往前走，跌跌撞撞的，不知要往何處，直到無法立起為止；有的大概傷口不深，準備逃離現場，飛起，鮮——血——四——濺——，像尋人復仇。這一切，雞販像沒看見。屠宰場天天上演動物悲劇，人人視而不見，逐漸也習慣了，沒有防虐待動物組織，當大部分人餓肚子的時候，理不了處理手法。因為這樣，往後的歲月，他都不喜歡吃雞肉。他不吃的東西真多，除了雞肉，還有豬腸。

那時還有人買活雞回家宰殺。怎麼帶回去？就綁著雞腳，放進牛皮紙袋，像現在去shopping，買了東西放在紙袋裡拿著走。那年頭買得起雞的，經濟條件都比較好，也買得比較多，所以會坐三輪車回家。受驚的雞一路「咕，咕」鳴叫，如果雞腳綁得不夠緊，雞在袋子裡掙脫繩子，便伺機飛走逃生。買雞的人只得停下三輪車，追雞去。這一逃一追，沒有人知道結局如何。

殺蛇是他又怕又愛看的。蛇販把蛇從籠子裡抓出來，去了頭就丟一邊。他一直奇怪，為什麼蛇不會咬人？他連在一邊看都怕。蛇販將已去頭的數條蛇綁著掛起來，一刀從頭劃到尾，剝開，除去皮、膽，取出蛇肉，將蛇體斬成塊，放進鍋裡待煮。田雞一樣，一隻活脫蹦跳的田雞，一下子便「裸體」。賣蛇的攤販會在從蒸籠裡拿出蛇湯時喊：「某某座要湯一碗！」賣田雞的人也會在殺田雞時喊：「某某人要田雞一隻！」擺明是別人要，牠們的犧牲跟他無關。

豬是殺了整隻抬來的，就是一個人背著一隻已剝開清理的豬，無論從前方或背後看過去，絕對是讓人歎為觀止的裝置藝術。小販熟練、精準地分割豬肉，不同部位的肉與排骨價格有別，豬頭、內臟、豬腳、豬血與豬尾另賣。他後來念「庖丁解牛」，老是想起豬販分割豬肉的情景。

這些畫面是片段觀察所得，往往看到一半，或剛開始，便被一隻手拉走——媽媽的手。他的「熱愛生活」有個時期激怒媽媽，被關在樓上，不准下來。不過，他永遠有個救星。小舅。

31

調查人員安排看心理醫生，立即知會律師。律師說對你有利，到時當成與朋友聊天就是。阿祥則相信案件快結束，你沒有精神問題，肯定對方有問題。如期赴約，第一次看心理醫生，真像聊天。比如父親早逝，年輕時熱愛文學，留學時深深體會膚色的意義。不好意思問，我有心理問題嗎？醫生突然問，喜歡哪些作家？像應徵工作，開始敘述，中國現代文學不能不提魯郭茅巴老曹，還有胡適、沈從文、徐志摩、施蟄存、張愛玲……想到醫生可能連「中國現代文學」都不曉得，及時剎車，轉說還有一些一時想不起。醫生顯然不知所云，換話題，為什麼四十三歲還不結婚？這也是問題嗎？只好坦白，看書就夠忙了，也沒把握照顧好別人的女兒。醫生點頭，作記錄。突然有一股衝動，脫口而出，其實還有一個原因……未說原因，自己先吃一驚，斷了話意。醫生抬頭，只得隨即改口，習慣一個人生活，不想有人干預。醫生笑了，這樣真的很難結婚。深吸一口氣，也結束這次「簡訪」。活到這把年紀還不會應對，真糟糕。這才是心理問題。離開醫生後找阿祥與世修吃飯，阿祥推薦附近一家新開的雞飯小店，世修一到就拿出報紙，問，阿祥的詩看了嗎？一愣，多久沒翻報紙？勉強說，哪有心情。接過報紙，是阿祥的〈造詩食譜〉：

才華快炒傲骨
不添佐料，年少吃的是情感原髓
搞得常掉淚。濃得嗆。

現在不行
三高創紀錄。只好
搶李白的酒配藥
一天兩次，早晚一顆。

醫生收錢還恐嚇：飲食一定要清淡
交代，特忌職場氣壓鍋做菜，再忌醃製煩惱
哦！儘量啦！

中年不清淡不行
煎、炸、炒文字都升不了火　抬頭看
青春小鳥銜走情懷的火種
都吃時菜。感時兩把，詠物三片，懷人半小茶匙，寄情少許，輕燙即可。
寄情最妙。少許，幾許？
醫生不贊許寄情，說傷肝
李後主已隨江水東流，怎麼往下接？
不寫了，存在手機裡

某日刷錯介面
咦！哪天未煲好的菜尾？

大概剛通過一次盤問，心情好些，覺得好久沒捧著報紙念詩，那種煎、炸、炒文字的情懷又回來，只是怕傷肝。和世修一起羨慕阿祥能保持當初的熱忱，阿祥欲語還休。食物送來，阿祥替大家擺放叉匙，來啦！吃啦！詩吃不飽的。隨即指著盤中其中一塊骨頭，楊修就為這個而死。大家一時接收不到訊息，自顧著吃。這裡的雞小肉嫩，飯帶雞油香但不油，醬油具黃豆的清新且不鹹，辣椒裡微微的蒜頭小嗆，喜不喜歡看個人。這是三個「食評家」的回饋。阿祥用叉子挑出一塊骨頭——就是雞肉送來時他指的那塊，我的行業現在就是楊修致死的這塊骨頭，我到了這個年齡，在公司裡也屬這塊骨頭；再過幾年就要成為冰凍雞，乖的話，雪藏著等退休，多事的話，提早expiry。阿祥講自己，調子太低了，不適合聚餐。選擇與他站在一起，希望拉高幾個key，一樣啦！我也是啊！阿祥回，你怎麼一樣？雞肉每個部位口感都不一樣，價格也不一樣；我認識的同齡生意人都在這個年齡事業才要轉型，一切才要開始，我們卻被宣判死刑。問阿祥，那我還能做什麼？他不假思索，你怎麼會有事？好好教書，別胡思亂想，繼續講自己的。我這幾年在想，人的一生中，真正的職場生涯其實很短，你在場邊看著人家在爛泥裡玩搶椅子遊戲，硬被推下場，站在一旁還沒準備玩，哨聲便響，時間到，大家都搶到位子。你還沒開始，卻濺了一身泥，說沒玩，已經下場了，還沾泥；更不幸的，還被推倒，從此沒再立起。後來才知道，那不是遊戲，是職場競賽，也是個人社會階級競爭，是人生的部分。每個人就此維持現狀，直到退休。不知道怎麼接話。那片雞肋還帶血。阿祥感歎，資本主義去得太凶，有時還滿懷念魯迅和馬克思。一向少話的世修開口，你這個假左，擁抱兩座大神取暖。阿祥認真地說，這世上真左是稀有動物，大部分都在沽名釣譽，假借左翼，行個人之私。我不是左翼，也不是右翼，我無翼，折翼之鳥，資本主義下折翼之鳥。不想阿祥去得太遠，接口，你只是在搶椅子時沾泥，我還滿身腥。世修同意，要命的是，加害的是烈子；其實大部分人都後知後覺，有企圖心的——像烈子這樣的人不多。這是我們這一代，下一代不這麼玩，都要當主角，角色沒了就去別的地方玩。小朋友們能到處玩，因為英明的人口政策搞到職場人口不足，到處請不到人。阿祥繼續他的「雞肋說」，但是人口過剩的戰後嬰兒潮還沒告老致仕啊！沒椅子卻還沒退休便成了無味之食。「兩個就夠了」英明政策下，小朋友能力不足依然掛在管理層上。戰後嬰兒潮現在管不了味道，要在嘗味期expiry之前，做一片快樂的雞肋。好端端一個飯局，幹嘛去扯「做一片快樂的雞肋」和「兩個就夠了」一代的小朋友，還懷想魯迅和馬克思，最後竟跑出一隻折翼之鳥。

32

親愛的，你終於與卡若琳約會。

第一次，看電影《*Dirty Dancing*》，Patrick Swayze和Jennifer Grey主演。你對歌舞片

興趣不大，關鍵是約女孩子看歌舞愛情片成功率較高。你擔心她推辭，她竟爽快地答應，還說喜歡 Jennifer Grey，而且她學過舞蹈，讓你讚歎自己好運。

星期六晚上七點十五分的電影，你們六點吃晚餐，在 Yaohan 日式食閣吃六塊八的日本壽司套餐，沒想到她喜歡日本餐。你跟阿祥、世修吃過幾次，談不上喜歡，甚至不太接受 wasabi 嗆鼻的辣。她顯然比你習慣 wasabi，還跟同學比賽誰吃得多。大家喜歡看電影，愛吃日本餐，這是好的開始。

暗黑的電影院裡，你根本不關心電影演什麼，老是側過頭去看她，銀幕的亮光散布她臉上，幽暗中她細緻的側臉十分動人，還有明亮的雙眼不時飄來的一層霧，清澈的眼珠很快又走出迷霧，照耀著你。你在漆黑中不累地忙著尋找迷失的自己再迷失。

她不是不知道你在看她，偶爾會側過臉來向你一笑，又轉回頭繼續看電影。你被她的偶爾觸動，希望電影一直放映下去，希望她一直偶爾。

電影很快演完，到速食店喝茶，大家從電影談起，然後學校、文學，原來大家的媽媽都是華文老師，她的華文就是媽媽磨出來的，中學時媽媽規定，每天翻譯中英報章新聞，中譯英與英譯中各一。大學念商科，實在是怕了文字。

十點回家，你要送她，她住西部，你住中部，她不讓你送。你看著她上車，抬頭發現天上的月亮正圓，向她揮揮手，結束一個美麗而夢幻的晚上。

你慶幸選對電影，電影主題曲代你唱出心意：

Now I've had the time of my life
No, I never felt like this before
Yes, I swear, it's the truth
And I owe it all to you
'Cause I've had the time of my life
And I owe it all to you

I've been waiting for so long
Now I've finally found someone to stand by me...

33

□月□日。小舅除了是救星，也是生活開創者，讓他細細地接觸生活，了解生活。只要小舅上街，身邊一定有他。通常是外婆吩咐，要小舅去修補一些器具，比如補鍋、水壺，磨刀或剪刀，修雨傘。這些器具外公店裡都有，但那年頭能修能補的，沒有人捨得丟，就是節儉。現在的話語——環保、可持續在精神上還差得遠，無法套用。補鍋、水壺很簡單，就是在破的地方補上錫。師傅一般會先檢查破洞，去鏽，估計需要多少錫，再用像斧頭般的工具往火中燒，沾一沾錫，馬上填在洞口，把洞口封上。就這樣，好了。破口太大或用具不「吃」錫，師傅會拒絕。這樣的節儉到了某個年代，突然有人警告，錫具毒，不能以錫焊接餐具。問題是已經焊了接了，而且用了，用過錫焊餐具的人也長大了。怎麼辦？後來又有無鉛焊錫，只是這年頭誰還錫焊餐具，而且老師傅早已歸山，歸塵。

磨刀或剪刀比較好玩，師傅坐在工作箱前，手轉圓形磨刀石夾在工作箱上，師傅轉動磨刀石，另一隻手將刀鋒在圓石邊緣來回磨著，火花四濺，飛沾在手上會灼痛。所以，師傅不讓小孩靠近，總恐嚇：「噴進你的眼睛，瞎了怎麼辦？」

在用油紙傘的年代，有一把鐵骨雨傘是很「高科技」的，所以傘骨壞了，或傘布破了，一定要修。修傘說不來，工序複雜，看不懂。反正師傅接過雨傘，試了試，用一圓形器具在有問題的傘骨處轉轉轉，取下傘骨，換上新的，轉轉轉，就好了。傘布破了或傘骨穿破傘布，就得縫補或換新的。

做這些事時，小舅一般交給師傅就走了，是他要求才留下來看的。技術表演，看一次就夠，不夠日後自己再來看。小舅帶他出來，主要是吃，比較有印象的是碗粿（uann kue）、蓮子羹（noin zi suang）和鹼仔粿（Kinn a kue）。在這裡，從食物以什麼方言念，就知道屬何種族群。福建人的碗粿其實就是廣東人的芋頭糕（wu tau gou），碗粿就是放在碗裡的芋頭糕，裡面有蝦米和碎芋頭，上撒蔥花、油蔥等，口感卻完全不一樣，碗粿較軟、細、香。潮州人的蓮子羹現做現賣，火候控制得當，甜度、鮮度恰好，現在的人沒這個耐性。他不喜歡福建人的鹼仔粿，小舅也不喜歡，是外婆要的，就是長長一條的黃色糕點，有點Q，鹼的味道極不舒服。

現在的人常說速食是「垃圾食物」，這四個字適合形容現有的「傳統小吃」，其他的也好不到哪裡。他在食閣看到同一個aunty，今天在泰國牛肉麵檔賣牛肉麵，明天去了西餐檔賣牛排，後天賣日本餐或韓國餐，天才aunty燒盡天下美味。實則食物由連鎖食閣的中央工廠製成半成品，再由aunty自由發揮。這是現代人的悲哀。

大街的橫巷熱鬧擁擠，有一次修雨傘後，小舅拉著他到一條橫巷，經過一個算命卜卦攤，算命佬看到他便說：「這個小孩以後註定做大官。」小舅被說動，停下來。算命佬知道生意上門。「不過這個小孩生命多波折啊……」以為講些不好的小舅會坐下來，誰知道小舅大罵：「去你媽的波折！你才生命多波折，不然會做算命佬。」氣沖沖地走掉。這一段舊事要不是最近太空閒，幾乎忘了。那個算命佬不是真有本事，就是運氣太好。

那時候誰在乎算命佬的話，媽媽的話才重要。媽媽常說，小舅寵壞他，主要還是講給大舅母和二舅母聽。他慶幸爸爸不在，爸爸在，絕對不可能這麼自由。

年紀增長，他「熱愛的生活」在改變，有更好玩的事物等著他，開拓他的視野的依舊是小舅。

魯迅子弟U：無形體陰影下的人

我一直強調，我們是憑個人的正義與勇氣，無意中介入社會運動，催化今日新加坡的誕生。

開始是念高三的時候，不滿殖民地政府要男同學當兵，加入一九五四年的五一三學潮；第二年馬紹爾上臺，因為同情巴士工友，支援福利巴士工潮。第三年，沒有參加任何活動，卻成了林有福政府的階下囚，坐了一年十個月的牢。第二次坐牢也沒有參與任何活動，這時已經是一九六三年，我成了人民行動黨政府的階下囚。

兩次坐牢都在三十歲之前，好像急著探索人生與人性，也從此對人感到失望。

一九五四年我十八歲，念高三。這一年殖民地政府通過「國民登記條例」，規定十八歲到二十歲的男性須在五月十二日之前登記。

許多男同學因為戰亂超齡入學，他們是這次徵召的目標。新加坡不是國家，英國人剝削我們，企圖消滅我們的文化，我們不可能還效忠他們，為他們犧牲。而且，馬來亞沒有敵人，有的話是英殖民主義者。英國人其實要年輕人到森林裡打馬共，當炮灰；馬共不是我們的敵人。

男同學不願意去登記，政府恐嚇要開除他們，而且還要以法律對付他們。四所華文男中——華中、中正、育英和公教——學生聯絡五所華文女中——南洋、中華、南僑、南華和聖尼格拉——同學，發起簽名運動，要求免役。

四十七歲的代總督顧德（William Goode）答應在五月十三日下午三點見中正和華中的學生代表。兩校的「行動委員會」也發動學生，在總督府外的皇家山腳和平請願。當天兩點三十分已有近千名學生聚集皇家山腳，華中約三百，中正約六百，少部分女中的同學也來了。

兩點五十分，三輛鎮暴車突然出現，這不是好徵兆。大批鎮暴警察湧現，負責的英籍警官要學生在兩分鐘內解散。學生人數太多，行動委員會要求五分鐘磋商並將決定傳達下去。英籍警官不同意，下令警察以暴力驅散學生。

當天我在現場，我們到現在的克里門梭道支援請願的同學。鎮暴警察拉起麻繩，以繩子逼退我們。我們手牽手，唱起〈團結就是力量〉，男同學把女同學圍起來，保護我們，他們則背對警察。一些警察見無法逼退我們，拿起警棍和盾牌衝向我們，好些同學被撞，掉進水溝，我也掉進去，還好沒有受傷。一些同學把我們拉上來，因為衣服骯髒，我們便回家。我知道一些同學被打得流血，我們都哭了，不是害怕，是生氣。我們不是強盜，只是一群手無寸鐵的青少年。這樣如何說服我們當兵效忠？

同學們沒有放棄，八所華文中學成立「免役代表團」，要求政府准許學生免役，政府卻不時公布服役登記最後一天的日期作為威脅。同學們在五月二十二日於中正總校召開大會，六月一日又聚集在華中，甚至以絕食抗議，最後也只以緩役取代免役。這次聚會難為了同學們，我們接受來自學校、家長、政府與社會的壓力，最後於六月二十四日解散回家，結束四十三天的學潮。

學潮有沒有馬共介入？

我真的不知道。我不是馬共，我接觸的同學都單純地反對殖民地政府不講理，不理會學生的前途，甚至生命安危。希望你們這些專家學者能早點將混淆的部分釐清，讓歷史正確地記下這場學生運動。

五一三學潮促成中學聯成立，中學聯自然成了殖民地政府的眼中釘，我們於學潮後的十月中旬申請註冊，一年後才批准，這時已換成馬紹爾政府。雖然申請成功，但中學聯章程須注明：「本會不得直接或間接參加政治活動及工會工潮活動。」

馬紹爾到倫敦為自治談判失敗，回來後便辭去首席部長。林有福於一九五六年接任，輪到他到倫敦談判，他先對左翼下手，以展現剷除自戰後就糾纏著殖民地政府的「顛覆活動」的決心。林有福於六月七日上任，九月二十四日解散成立不到一年的中學聯，逮捕其成員。

當時的議員李光耀在立法議會上說：「林有福由殖民地傀儡，一降再降，成為殖民地走狗。」

中學聯解散後，成員都知道會被逮捕。果然，十月八日，他們到我家找我，我不想逃——反正都要被抓的，跟父母告別後就跟他們走。我先被關在中央警署，幾天後轉到歐南園女監獄，一進去嚇了一跳，都是認識的，包括婦女聯合會、中學聯、教師聯合會、工會的成員。我很高興，先前的恐懼都沒了。她們還在我辦理手續時提醒我，餐食選擇西餐，西餐比較好吃。後來試了，中西餐果然差別很大。

我們都觸犯了內部安全法令，法令有權在不審訊的情況下關我們兩年。法律顧問要我們否認一切罪名，並要求公開審訊，但不成功。這是預料中的事，我們卻從中學到很多。

失去自由後，我們十多人難得日夜相處，大姐姐們的照顧，終生難忘。她們天天分享自己的社會經驗，更重要的是身教，以及在艱苦的環境中磨練，這些一輩子受用。

我們天天上課。牢房裡人才多，大家開辦自己專業的課程，不管程度如何，都可以一起上課，課程包括英文、馬來文、中國現代文學。現代文學中主要是講魯迅，魯迅的小說，精神，真知灼見。我們幾個高中女生像回到學校，而且比學校學得多且快。

十月二十六日，林有福政府大肆逮捕，我們知道林清祥和許多學生與工運領袖都被逮捕，很想知道外面的消息。這時候報紙突然停止供應，不讓我們知道外面的消息。大家不滿，由大姐向獄方要求恢復供應報紙。獄長不答應，我們當天便絕食，以展示力量。獄方也沒手軟，將我們個別監禁，以一一擊破。我們事先已預料他們會這麼做，說好任何人遇到特別狀況時發出聲音，包括大聲叫喊或敲打任何會發出聲響的物品。監獄沒辦法，只得讓醫生每天檢查我們的健康，以免鬧出人命。一個獄卒告訴我們，只要喝水就算進食，所以我們連水都沒喝。

第六天，獄長要我們派代表談判，依舊是大姐代表我們，我們的要求包括：恢復每天提供各語文報紙；我們不是犯人，不應該穿囚衣；增加家屬探訪與探訪時間；提供電影放映等。牢方終於答應，我們也結束六天的絕食。

我在內部安全法令滿期後獲釋放，就這樣無緣無故被關了兩年。這一年我二十二歲。好些人仍在牢裡，直到第二年，也就是一九五九年，人民行動黨上臺後才被釋放。

出來後我沒有繼續升學，到工會裡幫忙，為工人爭取利益。我在工會認識我丈夫，兩年後結婚，婚後生了一個女兒。我以為就此相夫教子，過著簡單的家庭生活，沒想到更大的風暴在後邊等著我們。

人民行動黨上臺後也是他們向我們攤牌的時候。女兒出生不久，人民行動黨分裂，隨後新馬合併，他們借馬來亞的力量對付我們。新馬合併的先決條件是逮捕左翼，一九六三年二月二日，人民行動黨政府發動「冷藏行動」，逮捕左翼，我跟我丈夫都被「冷藏」了。我還記得，那天是正月初九，福建人的天公誕，對福建人來說，「天公誕大過年」。我們都還沒睡，正跟父母一起拜拜，政治部人員突然闖進來，說我們被逮捕了。我們雖有準備，但沒想到兩人都被抓。三歲的女兒已經睡了，我們看看女兒，告別父母就走。這一年我已二十七歲。

政治部人員能如常地「拜訪」我們，自然有人通風報信。往後我常說，殖民主義者剝奪，可恨；林有福政府為虎作倀，可鄙。但是，出賣同志的人，可恥。我們天真，對人性認識不足，讓一起對抗敵人的人用比敵人更凶殘的手段對付我們，可怕。為了追求社會正義，我們成了失語的一代，可悲；那些在牢裡不肯低頭的朋友們，我只有兩個字表達心意：可敬。

像好友聚會，上回被抓的幾個姐妹又見面，大姐還比我早進來。跟九年前不一樣，現在我已經是一個三歲孩子的媽媽，有所牽掛。特別是第一次看見女兒，她哭著要媽媽，弄得每個人都哭了。這樣兩三次之後，我做出一個艱難的決定。我通過特別管道告訴我丈夫，女兒需要我，我想寫悔過書。人民行動黨政府規定，只有寫悔過書才能出去。沒想到我丈夫竟然同意。

所謂「悔過書」就是發表公開聲明，詳細交代自己「參與」馬共的經過，以及「從事」共產黨活動的情形，最後說自己錯了。

政治部的人從我們入獄當天就嘗試說服我們簽悔過書。對我，他們一直用女兒來打動我；他們也在探監時，讓我與家人相處久一點，這些我都知道。

每個幼兒都需要媽媽。四個月後我才簽署悔過書，這是我能做到的最長期限。

我出來的第二天，所有的報紙都刊登我的照片與聲明。我還有聲明的剪報，你看看。奇怪的是第一條罪名：

我從一九五四年就開始在學生群眾中，不斷地從事破壞新加坡的活動，以進一步達到馬來亞共產黨的目標。

這是一九五四年林有福政府強加在我身上的罪名，全是空泛的說詞，沒有具體的指控，當時我們的法律顧問已要我全盤否認，並要求公開審訊。怎麼法律顧問當上總理後，空泛的指控又成了實際的罪名？然而，我要出去，我必須接受這一切。你看看最後一段聲明：

今年被捕後，在拘留期間，我好好地反省過去涉及的馬共活動。我現在已經覺悟，馬共分子不擇手段地利用我以達到他們的暴力目的。我現在已決心與馬共斷絕一切關係。同時，也勸有理想的青年、知識分子和專業人士，不要為馬共地下分子狡猾的伎倆所騙。我後悔過去為馬共浪費了許多時間與精力。此後，我將用我的時間與才能，促進新加坡的進步。

我是馬共分子，被馬共欺騙了？我連馬共是怎樣的組織，馬共分子長成什麼樣子都不知道。整個聲明才是在欺騙新加坡人民，我在具法律約束的文件上說謊是犯法的，政治部應該起訴我。當時應該有很多人像我，為了個人因素知法犯法——明明不是馬共，為了出獄，謊稱自己是馬共。

這麼多年過去了，馬共也在一九八九年底解散。我很希望能重新啟動調查，當年所謂的馬共分子，究竟有多少是真的馬共分子？我不想帶著不屬於自己的身分進棺材。

還好我出獄，能照顧女兒。可是，女兒與爸爸卻越來越生疏。女兒十歲左右，開始在探獄時不跟爸爸說話，接著不想去看爸爸，因為爸爸是壞人。小女孩的邏輯很簡單，壞人才要坐牢，書本都這麼說。我丈夫跟我商量，他也想寫悔過書。我同意，女兒的爸爸不應該在監獄裡當「壞人」。

我丈夫以為出獄後，有個完整的家，家人關係會好轉。沒有，女兒與爸爸的關係還是很淡。除了家庭，我們還得面對社會壓力，一個在報紙上公開悔過的人，如何面對親友與社會？我們與所有的親友斷絕來往，二十幾年獨來獨往。我丈夫說，這樣也好，大家都省麻煩。坐過牢，又是左派，我丈夫一直找不到工作，後來好不容易在一家會館當tso pan，就是座辦。會館的組織祕書，以前都叫tso pan。他現在還是，他感歎會館已經不需要他這樣的人，他們要的是學過管理的。會館留他主要是看他做了二十幾年，他說大概可以頂到退休。

我們比較在意的是女兒，女兒後來知道我也坐過牢，開始對我冷淡。她應該會覺得自己生長在一個罪犯家庭裡。這是我們最傷心的，我們寫悔過書都為了她，到頭來她卻為我們感到羞愧。我們當然知道現有的歷史會把我們打成十惡不赦，但沒想到涉及下一代。真的很痛心。所以我剛才說，希望你們趕快釐清那些我們經歷的歷史。

女兒念大學後便住校，很少回來，畢業我們也不知道。畢業後繼續住在外面，我們真的不知道該怎麼辦。

這幾年她開始轉變。有一天她回來，突然對她爸爸小聲地說對不起，再跟我說對不起，然後哭說要搬回來住。我們真的嚇到，不知道發生什麼事。往後她才透露，她看了一些書，知道一些歷史細節。我們也沒說什麼，只是慶幸，這一天終於到來。雖然我女兒已經三十多歲，比我當年坐牢還要大。

四十多年來，我們就一直活在沒有形體的陰影下。

繁華的快樂世界

34

魯迅子弟U老是讓我想到媽媽，不知道媽媽經歷多少艱難、委屈與心酸。她和U一樣，都不想在孩子面前提這些事，以免影響下一代。媽媽知道的，沒有了爸爸，我們肯定受影響，一輩子的影響。還好，我們兄弟沒有U的女兒那麼極端，但家庭悲劇更甚，我們失去爸爸。U是當事人，希望重新調查，這應該是許許多多「關係人」的期待。另外，五一三學潮有沒有馬共介入？這些問題仍有待解決。

（補記：多年後阿祥送我一本馬共文集《二十世紀五六十年代新加坡地下文件選編》，我看著阿祥，笑問，你怎麼會有這樣的書？他輕鬆地說，沒有啦！看玩玩。買多了就送給你。書裡收錄一篇馬共星洲工委會書記黃明強於二〇二〇年的口述文章〈一九五〇—一九八〇年張堅親身經歷的馬共星洲地下組織活動簡述〉，張堅是黃明強在組織裡的名字。口述文章如此介紹自己：「一九五〇年，被星洲地下黨組織吸收為馬來亞共產黨黨員，任星洲學委成員，三月任華僑中學、中正中學兩校支部書記。」時黃明強二十歲。文章有一節「星洲學委在『五．一三』學生運動中的作用」，黃明強坦承：「學委工作組在『五．一三』學運事件中，以黨和抗英同盟的名義，做了大量的工作，掌握主動權，培養學運骨幹，對整個運動起推動作用。」當時學委委員「詹忠謙曾親自到中正現場指導」。時黃明強二十四歲，詹忠謙比黃明強小一歲。「一九五五年五月，工作組發動中學生支援福利工潮。十月成立中學聯」，「從一九五四年到一九五六年，星洲學委工作組以黨的名義發了三十多個工作指示和文件」。沒看完這本十八字書名的書，倒想起U，她看過這些資料嗎？）

35

親愛的，自那個週末之後，你都往商學院跑，只要卡若琳沒課，便一起喝茶聊天看電影。商學院的男同學都知道，中文系有個男學生追他們學院的女同學追到他們學院來，極不爽，也不看好。商學院的女同學在哪所大學都是最亮眼的；相對地，中文系的男學生既土又笨，有墨水一點地說，就是癩蛤蟆。你的心理治療能力超強，反而覺得驕傲。

功課？還有功課嗎？卡若琳好幾次提醒你，別喝茶耽誤了功課。你告訴她，你在學校的「正職」是搞雜誌，「兼職」念書。這顯然有誤，你告訴阿祥、世修的版本比較接近事實：

「正職」追女同學，「兼職」看電影，「業餘」辦雜誌。

第二年就這樣混過，而且還混得不錯。你從阿祥、世修那裡側聞，很多人不爽你。你笑：「我就是要他們不爽。」說完覺得不夠，問：「怎樣，聰明有錯嗎？」

你和阿祥、世修有個默契，不爽哪個人，其他兩人同時揮拳打那人，有時真打，有時假打。這句話讓阿祥、世修不爽，而且受傷，同時揮拳打你的臉頰，你來不及閃開，他們也來不及收拳，那是你被他們打得最嚴重的一次。

怎麼會「假作真時」？曹雪芹有被這麼打過嗎？

36

□月□日。那時還叫「快樂世界」，即使換成「繁華世界」，大家還是習慣舊名。

那是一次晚餐過後，生活中沒預示地起了重大的變化。小舅穿得比平時光鮮，說我們去走走。就在芽籠路斜對面，過了馬路就是。小舅買了票，撕票員還在撕票時，他就吃驚且異常興奮於裡面的世界，跑了進去。

他從沒見過晚上還這麼明亮的地方，並且明暗相間；變幻著顏色的霓虹燈讓整個世界璀璨起來。是整個世界，只有快樂的世界。璀璨是現在的用字，那時就覺得整個世界很美，美得不知道要先從哪裡開始。

進門後左邊立刻是一家戲院——快樂戲院。大大的海報畫著大大的兩個人頭，一男一女，還寫著名字，不認識。右邊是汽水攤——咖啡座啦！但他只看到各種汽水，甜品。往內走，窄窄的走道盡是各異的攤位——還有商店，太矮了，後來才看見——有一些不知道賣什麼。背景音樂是唱片店傳出來的歌聲，男的女的都有，不知道誰唱的，現在猜應該有青山、姚蘇蓉、黃清元。他用跑的，想在最短的時間內看完所有的攤位。跑到沒氣了，攤位還是沒盡頭。小舅開心地跟在後邊，有時想停下來看一看，又怕他走失。

沒多久小舅帶他拐了個彎，是個遊樂場，最靠近的是旋轉木馬。小舅問，要坐嗎？他興奮地點頭。坐上木馬，掛在半空中，啟動的剎那帶著一股衝力，差點摔倒，所以一直緊張用力地緊握手柄。木馬高高低低地轉圈，兩圈之後開始覺得不舒服，更緊張地抓著手柄。下來後，肚裡突然湧現一股氣，現場吐了出來。小舅嚇著，拚命拍著他的背。

吐完後，小舅問：「還要不要再坐？」

他用力地點頭。

小舅當然不讓他再坐，其他的遊戲也沒得玩，真浪費。小舅拉了拉他的臉頰將他帶走，還跟他商量，回去之後不能說。他一直回頭，在閃著各種彩色燈泡的夜空裡，看著那些他不敢玩的遊戲設施遺憾地離去。

小舅沒立刻帶他回家。他們去吃放很多東西的甜碎冰，以後才知道叫紅豆冰。感謝小舅。那是個快樂世界，冰甜的夜。

37

爸爸的問題經老師提起，又重新出現在日程表上。年輕時一度試圖解開這個謎團，限於個人能力，留下許多問號；長大後知道媽媽才是解謎人，解謎人顯然不想公布謎底。沒關係，媽媽在，答案就在身邊，也就不急，只是時間問題。時間是上佳麻醉藥，悲劇注射時間的麻醉藥後，變得麻木不仁。爸爸的悲劇經時間的淘洗，傷痛遞減。這才是悲劇。幸好老師「醍醐灌頂」。時間確實過去了，媽媽患上老人癡呆症，所有的答案像註銷般；或者這是媽媽的目的，將悲劇止於他們那一代。想起老師拉Jackpot前那個表情。媽媽或真有此意，所以從沒見過她的朋友，即便同事，也是淡淡的。媽媽退休後禮佛，又是新生活圈子，這些人後來也沒聯絡。媽媽甚至連爸爸的照片都沒留。上圖書館找早年的資料，幾乎沒有，想也明白。書局逐漸有馬來西亞出版的馬共成員回憶錄。即使這樣，馬共問題仍是敏感的，不容易介入。然而，這一切聽起來像個藉口。

38

親愛的，爸爸的問題再次被提起，是調查人員又要你重說一遍你僅有的記憶。

調查人員因為上回筆錄，爸爸資料不詳，要進一步了解。你沒有可以補充的，只能重複爸爸在你年幼時失蹤，從沒有人告訴你爸爸的下落，包括媽媽。

過後你告訴律師，並提起老師接受「訪問」的事。律師說，這種case通常會向當事人身邊的人了解情況。你輾轉從不同WhatsApp群組得知，你的一些學生接受約談，你相信也有一些同事被約談。一些沒有被約談的學生對你有信心，為你加油，讓你感受人間溫情。

溫情之外是煎熬，又不好意思要朋友們陪一個無聊的失業漢，這回沒找阿祥、世修，準備過後向他們update。你進一步認知，工作場所——學校是收留無聊的人最好的地方。怎麼那時每天急著離開，只好繼續發掘對你而言屬於新立的咖啡館。

39

□月□日。爸爸的問題最早是他的小學老師提起。

忘了小學三或四年級，老師問同學們爸爸的工作，同學們都說了。他很緊張，這些年來根本沒見過爸爸，雖然心裡有好多問號，但都沒問媽媽，當然不知道爸爸的工作。輪到他，他只能老實地說：「不知道。」

同學們笑起來，覺得他笨，連自己的爸爸做什麼都不會講。老師大概知道孩子家庭有問題，淡淡地帶過：「沒關係，等知道了才告訴大家。好嗎？」

他感謝老師沒讓他出糗。

晚上，要下樓去睡前，他遲疑不定地走上樓，在樓梯口徘徊，媽媽知道他有事，問：「什麼事？」

他鼓起勇氣，直直地看著媽媽。「老師問，爸爸做什麼工？」

媽媽先是意外，再輕笑。「爸爸去外國做工，要幾年後才回來。」

他「哦！」了一聲，下樓去。沒有信不信，小孩只要答案。所以，沒留意媽媽的反應。

40

大概對自己的case越來越有信心，心情不錯。去巴剎（pasar，馬來語：菜市場）吃早餐時順便買一份報紙，在副刊看到一篇到泰國勿洞旅遊的文章，這樣的順利有抄襲電視劇之嫌。勿洞曾是馬共革命基地，一九八九年馬共放下武器走出森林後，開闢成和平村，如今已成旅遊點，業者都是當年的游擊隊。打電話到報館，接電話的人說編輯放假，沒有人知道如何聯繫作者。幾時回來？十天後。唯一線索眼看就快斷。十天後再打，剛放假回來的編輯不知道十天前報紙刊登什麼；找出舊報紙，半晌後要了電話，解釋或交代，我讓作者跟你聯繫，打不打電話給你，由作者決定。

41

親愛的，律師通過電話告訴你，訴方撤銷起訴；警方調查與心理醫生診斷後，證實女方患有嚴重的depression，對你的指控是個人的幻覺。警方將正式通知你。

你也猜到那名可憐的女學生有抑鬱症。感謝律師，第一個反應是，有必要關心一下她，問律師：「我應該可以去看看她，或打個電話給她吧？」

律師建議你，現在什麼都不要做，末了還添一句：「本來無一物，何處惹塵埃？」

你覺得律師亂套六祖惠能的偈子，還是感激他。

放下電話，你激動、開心，即刻打電話給阿祥。阿祥大概在忙，大喊一聲：「Yeah!」之後說一定要慶祝你重生，找一天跟世修一起出來，匆匆掛電話。

掛了線後，你百感交集，學阿祥大大聲地在小小的公寓裡喊：「Yeah!」大概叫得太大聲，發現那隻常出現的八哥瞪著你。

是的，只因為一個課業壓力過重的學生，「本來無一物」的「惹」了一身「塵埃」。「塵埃」將一輩子「惹」著你，雖然「菩提本無樹」，但世上根本沒有「明鏡」，大學更沒有。你能做的是，在「本來無一物」的明鏡臺上，「時時」被問起後「勤拂拭」，「勿使惹塵埃」。

因為「明鏡」與「塵埃」，你突然想到，多久沒抹窗子了？望向玻璃牆，還好，不至於是「明鏡」，也沒有「塵埃」。還有，那隻八哥不知幾時飛走了。剛才嚇到了吧？

42

□月□日。外公家小孩多，大舅兩個，都是男的，比他大；二舅有一女一男，女的比他大，男的比他小。這麼多小孩在一起口角難免。常與他和弟弟爭吵的是二舅的兒子，這個表弟年齡介於他和弟弟之間。小孩間什麼都能吵，有一回忘了吵什麼，二舅的兒子竟然說：「我媽媽說，你爸爸是壞人，所以你也是壞人！」

他當然不甘示弱，反嗆：「你爸爸才是壞人。」

二舅的兒子竟然跑去告訴二舅母，二舅母故意不屑地大聲：「人家沒有爸爸，要讓他一點。」

大家同一個屋簷下，所有人都聽到二舅母的話。晚上媽媽對他說：「以後不要跟明財玩。」

他忍不住問：「爸爸為什麼還沒回來？」

媽媽輕輕地安慰他：「爸爸沒這麼快回來。」

魯迅子弟X：資深牢客最凌厲的玩笑

我知道有人叫我「中國痟」（tiong kok siau）。福建話「痟」就是華文的「瘋」，「痟」漢語拼音為：xiao，注音音標為：ㄒㄧㄠ。如果指為某些事而痟，便沒這麼嚴重，比較接近上癮、狂熱等不同程度的熱愛。

「中國痟」可以解釋為熱愛中華文化，親近中國。因為喜歡自己的文化，特別是文學，也寫一點幼稚的文章或什麼的。那年代影響最大的是魯迅，每個人都向魯迅偷師。魯迅會這麼紅，因為他不向對手低頭，甚至自我放逐，加上後來毛主席點名，就過了頭。那時不覺得，海外華人面對龐大的殖民地政府，需要模仿和學習的對象。

隨著年齡增長，關心的層面不斷擴大至無所不至，也更想了解中華文化發源地。因了解而親近、熱愛，有錯嗎？我卻因此被關了十三年。為什麼親英國、美國，沒有人說「英國痟」（ing kok siau）或「美國痟」（bi kok siau）？老實說，我們幾時開始親中，就幾時開始親西方，這是一個錢幣的兩面。

我被抓時被說是馬共，我從來都不是，後來我的身分變了，改成共產黨統一陣線。總之，設法將「共產黨」三個字安在我身上。他們和共產黨組織政黨，還說：「我們（與馬共）最終的目標雖然不盡相同，但眼前有一個相同的目標，就是打倒英國人……不管建設一個民主制度的馬來亞，或者建設一個共產主義的馬來亞，首先必須趕跑英國人。」實際的共產黨統一陣線成員，咬定別人是共產黨統一陣線，然後「解決」他們認為的「共產黨勢力」。反正，權力決定黑白，不，應該是紅白。

我被抓時才二十五歲，南大畢業三幾年，在工會幫忙。「冷藏行動」我避過，七個月後大選，我感覺氛圍越來越僵，十月罷工，終於輪到我。我沒做什麼，只是根據個人理念，傾向反對黨，幫忙反對黨大選，我不知道為什麼被抓，執政黨還是反對黨的時候我也幫他們，我做的是同樣的事。

我反對暴力。結果，反對暴力的人在牢裡嘗盡暴力，甚至酷刑。最殘酷的是電刑，他們將我的雙手反銬在椅背，蒙住我的眼睛；拉了兩條接上電流的電線，一條的終端扣在我的手銬上，另一條的終端用來碰觸我的身體——包括乳頭和陰囊，讓我的身體導電，我全身劇烈震顫，痛不欲生地哀嚎。更不人道的是，過後將冰水澆在我身上……。我不能再講了，會嘔吐，而且舊傷口隱隱作痛，我也可能會不自然地喊出來，因為疼痛的記憶還在。你看過愛德華．蒙克（Edvard Munch）的《吶喊》嗎？差不多是那樣子。

你說，這樣的傷害怎麼忘記，如何原諒？如果他們真的捍衛正義，坦然自若，就應該爭取像我這樣的人，說服我們，改變我們，不是逮捕我們，將我們推到對立面，製造更多仇恨。

這麼多年來，誰都沒有忘記誰，誰也沒有原諒誰。勝利者一直慎防失敗的一方，失敗的人一直神經質地過日子，不知道哪天會再被捕，因為抓人不需要理由。所以，那年代沒有朋友，大家都是驚弓之鳥，不說真話，扭曲地過日子。

沒有人撫平傷痕，經濟繁榮掩蓋所有的創痛，甚至仇恨，待時間過去——同一代人一起凋零；失敗的一方被冠以極端邪惡的罪名，掃進歷史的垃圾堆裡。

十三年我住了四家「度假屋」。那時關政治犯的監牢主要有中央警署（Police Headquarters）、歐南監獄（Outram Prison）、樟宜監獄（Changi Prison）和明月灣監獄（Moon Crescent Prison），受英文教育的政治犯把四所監牢的第一個英文字母組成 COMP，Comp Resorts。Comp 可解釋成補償，太幽默了。

我在一所監獄單獨監禁三個月，你可以在家試試三個月不出門，看會瘋掉嗎？

那個囚室有點特別，牆上寫滿詩，普希金的，魯迅的，還有朱自清和卞之琳的，好像還有泰戈爾的。我把朱自清和卞之琳的抹掉，軟弱無力，以為真的來度假，換成魯迅的〈無題〉：

慣於長夜過春時，挈婦將雛鬢有絲。
夢裡依稀慈母淚，城頭變幻大王旗。
忍看朋輩成新鬼，怒向刀叢覓小詩。
吟罷低眉無寫處，月光如水照緇衣。

之後想起一首當時傳唱關於魯迅的歌〈我們是魯迅的子弟〉：

我們是文藝青年，我們是魯迅的子弟，
魯迅呀！教育著我們橫眉冷對千夫指，
我們齊步跟著魯迅走，永遠向真理，永遠向光明！

歌曲有兩段，另一段將「橫眉冷對千夫指」換成「俯首甘為孺子牛」。過幾天又抄了另一首歌〈膠林之歌〉的兩段：

重重的迷霧籠罩膠山
溫暖的陽光照不進膠林

枯葉紛紛落呀，冷風吹不停
我們的痛苦訴也訴不盡呀
訴不盡

多少個黑夜我們在盼望
盼望著紅日照遍膠林
長空萬里呀，烏雲遮不住
歡樂的歌聲傳遍膠林呀
傳遍膠林

三個月，我幾乎都在朗誦或唱這幾首詩和歌，它們道出我積壓的悲情，甚至給我活著的力量。

有一晚在唱著〈膠林之歌〉時，發現毛主席不知幾時已站在一旁，向我揮揮手。我意外他的出現，興奮萬分，想跑過去跟他握手，卻看見「帝國主義的走狗」在一旁冷笑，我按捺不住怒氣，一頭撞過去。

醒來時躺在醫院，他們說我自殺未遂。我說不對，我撞的是嘲笑我的人，我沒有病，病的是這個國家。沒有人理我，頭部的傷好後，我又被送回去。這回看見更多人，我不知道單獨監禁的牢房裡，幾時住了這麼多人，除了魯迅、普希金，還有阿Q、閏土、祥林嫂、孔乙己，他們都被捕，陪我排遣孤寂。

談一談我的家庭。我父母在我入獄前已經去世，剩下弟弟、妹妹和我。弟弟偶爾來看我，我不讓妹妹來，也不讓她參與我們的事，我要她健康、幸福地生活。弟弟因為我被捕，不久後也被捕，是我牽連他。他比我早出來，在我進醫院時便認為我的精神受滋擾，需要治療，不適合單獨監禁。這樣，我才從鬼門關U轉回來。我出獄後，精神漸好，我弟弟卻撐到我出來後，終於崩潰，進醫院治療。我沒結婚，他被我拖累，也沒結婚。我們同住，由我照顧他。他偶爾精神恍惚時還提醒我：「小心，旁邊有人在聽我們說話。」每一次他出狀況，我都會更自責與內疚。

根據內部安全法令，每兩年他們得延長我的拘捕令。在牢裡，偶爾會有被拘捕的人突然變得不合群，靜默，心事重重，不久便走了，自由了。事後大家都知道，那段時間他已簽署文件，承認自己是馬共，「危害國家安全」，同時保證釋放後不再重蹈覆轍。

我扣留快兩年時，他們便勸我簽同意書，早日和家人團聚，好好過日子。這些話現在聽起來覺得空泛，那時卻具要命的吸引力，特別是又有人出去了。問題是，我什麼都沒做，怎麼認有錯？

就這樣每兩年延長拘捕令，第一、二次比較難過，後來痛定思痛，反正無父無母又沒妻兒，算了！爛命一條，老子跟你耗下去。人到無求品自高，也許心態改變了，也許真的改變了，漸漸發現賓主易位，「資深牢客」待遇慢慢改善。有一、兩次，我還要求他們把我告上法庭，說我是馬共或共產黨統一陣線，但都不得受理。

一九七六年，我終於被釋放，無條件釋放。那年我三十八歲。朋友讓我到他的印刷廠工作，他也曾被抓。人家給我安排生路，我又什麼都不會，所以要求從最低的學徒開始。十三年的牢都坐了，我不怕慢，不怕低，更不怕苦，我必須活著，而且活得比過去好。就這樣，我的人生從二十五歲直接跳到三十八歲，跳過精彩而重要的十三年。我今年五十五歲，公積金都拿了，也做到印刷經理。朋友要求，先做到六十五再說吧，現在請人難。

有時我在想，如果我沒坐那十三年的牢，現在在幹嘛，我弟弟又在幹嘛。我弟弟的精神一直受干擾，痛苦地過著日子，兩年前選擇結束人生。我對不起我弟弟，這讓我的精神問題又回來，其實我一直在吃藥。我年輕時的選擇讓我賠上一輩子，還有弟弟的一輩子，這是我不能原諒自己的。

中國文革在我出獄的一九七六年結束。文革對我影響不大，我一九六三年就被關，比文革還久。影響我的是後文革時期，文革赤裸裸地揭示，所有的理想都不敵人類的欲望，權力的欲望，金錢的欲望，肉體的欲望。文革也說明，人類的欲望需要制度制衡。這是外在的。

回到個人的環境，我生活在一個過去我反對，現在未必認同的社會制度裡，而且確實生活得比過去好，否定了過去自己追求的；更弔詭的是，中國在否定自己的過去之後，也比過往好。

這是一個最凌厲的玩笑，我用一輩子回應。人活成我這樣子還有什麼好說，我也不知道幾時有弟弟的勇氣。

43 你要去勿洞啊？

訪問魯迅子弟X後，遲遲沒做筆記。不知道X重提這些，會再度造成傷害嗎？做筆記已是一種傷害。一直認為爸爸是這樣過一生。訪問U覺得像在說媽媽，X又像爸爸的故事。這篇論文太殘酷，再訪問下去，大概要繼續被傷害。上網聽X提的〈我們是魯迅的子弟〉，並告訴老師。老師聯想到論文題目上去，覺得「魯迅子弟」比「膠林之子」更貼近當時左翼精神狀態，幾經商議，確定方向，將論文題目換成：「遇見南洋魯迅子弟：馬來亞左翼文學運動中魯迅精神的傳承」。如老師所言，「魯迅子弟」可以是廣義的，不限於魯迅在中國的學生。隨著左翼文學運動傳播到南洋，南洋「文藝青年」學習魯迅的獨立思考、追求自由和批判社會，傳承魯迅的精神，「跟著魯迅走」，「魯迅子弟」比「膠林之子」更具象。不知怎的，又想到「不履危地」，還有魯迅的學生荊有麟。當然沒告訴老師，他懂得比我多，一定知道荊有麟是國民黨軍事委員會特務，中華人民共和國成立後，一九五一年以「反革命分子」被處決。那時只求趕快完成論文，換題目已動了基調，別再節外生枝。比較麻煩的是X說的，「我們最終的目標雖然不盡相同，但眼前有一個相同的目標，就是打倒英國人……不管建設一個民主制度的馬來亞，或者建設一個共產主義的馬來亞，首先必須趕跑英國人。」問他出處，他說忘了。沒有出處，幾乎放棄時，最後在一本薄薄，收錄李光耀一九六一年十二篇演講的《爭取合併的鬥爭》找到。

44

親愛的，事件落幕，心情大好，你與阿祥和世修吃日本生魚片慶「重生」，吃著吃著，一下子想起與卡若琳的初約會。

大家沒再說學校的事，這種事過了就過了，沒什麼好慶祝的，純粹就是找藉口聚一聚。大家又扯到烈子，比較不同時代的系主任，懷念疼愛你們，支持你們出版《龍馬獅》，又給你們一個小房間當編輯部的系主任。

那時，最意外的是接到主任突然要退休的消息。他好像沒那麼老。內幕消息傳出，不再續聘，可能哪裡出問題。無論有沒有內幕消息，你們都覺得應該情義相挺。高班同學發起連署信，向院長請願留住主任，名單傳到你們那裡，你、世修、阿祥和烈子都簽了名。

一星期後，院方消息傳來：「同學們應該好好學習，不干預學校的行政，特別是快畢業的同學，更應該在學業上加把勁。」學校放話果然奏效，許多同學都退出，特別是四年級的，怒而不言。

沒有人出面承認被院長召見，院方也沒證實這消息，極可能是假消息或是風向球。你不管這些，覺得這麼大的機構，又是最高教育學府，不應該以一些未經證實的消息傳達訊息，得把話說清楚。於是問阿祥、世修和烈子，有沒有興趣再寫信向院長表達你們的意願。阿祥和世修同意，烈子放棄。只是表達關心，又不是挑戰學校，不知道烈子怕什麼。

你們還在參考上回的連署請願書，準備重擬時，主任找你。

他怎麼知道？

主任讓你坐在辦公室一側整潔似新的沙發上，這裡你曾經坐過，與主任談《龍馬獅》，那是愉快而輕鬆的會面，你也因這次交流喜歡他。

主任依然輕鬆。「孩子，別固執了！」

你低著頭，盯著茶几上的木紋，不喜歡這樣的輕鬆，不知該說什麼。你不固執，只想知道原因。

主任勸：「孩子，別枉少年志啊！要留著幹更大的事。」再釋然：「事情沒你們想像的複雜和嚴重，不要聽外面的。我老了，想回家，就這樣。謝謝你們。」說完直看著你。

你悶不出聲，想問他，你究竟聽到「外面」在講什麼關於我們「想像的複雜和嚴重」的「事情」？不想為難他，看著牆上一幅山水畫，主任嚮往畫裡的生活？

「孩子，這是一所好學校，要好好學習，不要受其他事物影響前途。」主任認為已與你溝通，結束話題。

你站起來，你的問題還沒開始呢。主任伸出手來，握住你冰冷的手鄭重地：「孩子，要記住老師的話。」

你離開後沒向阿祥和世修傳話，因為忘了那些無關痛癢不湯不水——不禮貌地說，就是廢話——的內容，只記得他一直很有誠意地叫你「孩子」。

多年後，你到一所外國大學訪問，聊天時大家都將主任的離職當笑話。時已是該國學霸、國寶的主任，因戰時沒正式上學，沒有文憑，英語又不好，無法和上頭溝通，不被續聘。

你沒有笑，太冷了。

45

□月□日。快樂世界為他的童年帶來無限的快樂。小舅過後還帶他去看電影，不是那家「快樂」戲院，是另一家，長大後經小舅提起，才知道是家三輪電影院「新勝利」，一次看兩部片。那年紀還不會看電影，也不會啃瓜子——為什麼看電影要啃瓜子？這是社會、經濟、消費發展的縮影，小孩不明白，也不需要明白，卻非常開心。多年後，一個教電影的同事談起，才猛然想起那時看的是李行導演的《養鴨人家》和《啞女情深》。兩個畫面記得很清楚，一個有很多鴨子，另一個是一個baby剛出世，有人在baby旁邊敲打鐵桶。谷哥說，《養鴨人家》和《啞女情深》都是一九六五年的電影。

快樂世界是每個兒童快樂的世界。漸長後，大舅的兩個兒子開始接受他，偶爾會相邀「出遊」，有一次竟要去快樂世界，他忙說沒錢，一個表哥告訴他，跟我們不用錢。他意外哪裡有籬笆洞或水溝可以鑽進去，於是跟去。

表哥們沒鑽洞，也沒錢買票。大家站在大門旁一起等，等情侶買票後，央求男方：「阿叔！𤆬我入（a tsik! tshua gua lip，阿叔！帶我進去）。」有女朋友在身邊，男人一般不會拒絕。

大家輪著進去，最後剩下他。不知怎的，老是開不了口。看著一對對情侶進去，大表哥已不理他。他鼓起勇氣，看到一對情侶買票後，走向前問：「阿叔！𤆬我入，會使無？（a tsik! tshua gua lip, e sai bo? 阿叔！帶我進去，行嗎？）」

男的看了看女方，女方點頭。

這個辦法讓他的童年更具色彩，但不能告訴任何人。

46

老師回電郵，建議考慮在跌倒的地方繼續扎根，以優雅完美的身姿走出喧譁眾聲。Fish則來WhatsApp，要求原諒那女生，那女生比我不幸，嘗試在不影響對方病情下，探視對方，表達關懷，而且不是一時的，mom也如此認為。把警方調查結果通知Hogg's family，沒想到他們如此正面看待，Fish母女的想法還跟我一致。他們在香港，將飛往臺灣。手機響，一組陌生的號碼，接不接？沒事，接。對方沒頭沒腦地問，你要去勿洞啊？腦裡迅速地搜尋與「勿洞」相關的記憶，三秒後回，是啊！沒問他是誰。對方也沒說自己是誰，繼續，我的朋友剛好明天就走。明天?!是啊！明天。我給你電話，你跟他聯絡，說是bing hiann的朋友就行了。對方給了一組電話號碼。bing hiann？「明兄」的福建話？想起最重要的，怎麼稱呼對方？哦！他叫振強。謝過，放下電話，呆了一秒，半信半疑地給「振強」打電話。還真有此人，說話風格如「明兄」（請念成bing hiann）。明兄的朋友啊！歡迎！歡迎！我們去三天兩夜；明天七點，梧槽中心對面的大car park等，巴士會在那裡。我們有二十多人，你來了說一聲就OK！最後還提醒，記得帶passport啊！振強顯然準備一次把所有的訊息交代完。連聲道謝後掛電話，兩分鐘內「認識」兩個人，還要跟其中一個及二十多人到泰國南部勿洞三天兩夜，不可思議；又覺得沒什麼不可以，只有死待在大機構的人才要做

proposal，一層層地遊走，走完一圈回來已天荒地老。旅費多少，以什麼形式出遊，吃住如何？都沒談。也許，這些都是慣做proposal的人的問題，不是明兄或振強他們的問題。再拿出那篇到勿洞的旅遊文章，作者署名「天明」，真的是「明兄」。

47

親愛的，你抵達學校，還沒見到阿祥和世修，院長辦公室已傳你過去。

院長坐在辦公椅等你，你站在一邊，怎麼也感受不到一旁是一名讓人尊重的學者，雖然牆上掛了好幾張院長在不同大學校門的照片。院長聽不出任何關心地問：「還捨不得你們主任啊？」

你不置可否，這些老人都精於不設立場、不鹹不淡的談話。

院長看了你的檔案，繼續：「第三年了，很快就要畢業了。時間過得真快啊！」

你等院長接下來的訓話，院長沒開口，把時間留給你。你不準備回話，回了肯定要被套上「無禮」或「頂撞師長」之類的話語。你環視院長辦公室，比系主任的大一倍吧！而且照明更柔和。還有，院長的桌子比系主任的大，棕黑色，看不見木紋。最後目光落在牆上的照片，都是院長的豐功偉績。就在這個空檔，你突然想到媽媽，不知道為什麼。接著，你知道自己該講什麼或以什麼方式收場。你恨透整個氛圍，整個場域，你掉了進去，只有一個方式退場，你知道院長等著你，直接說：「是的，明年我就畢業。」

院長笑了，愉快地：「那趕快回去上課吧！」再以勝利之姿祥和地說：「去吧！」

你行了禮，輕帶上門，決定畢業時不拍任何畢業照。

48

□月□日。快樂世界不只是一個場所的名字，也是那段時期他的生活寫照，他一直生活在快樂世界裡。「生活在快樂世界裡」不限於心理，特別是後來發現，快樂世界下午不收錢，媽媽又教下午班，他的世界就只有兩個字——快樂。

下午的快樂世界很多店沒營業，也沒那麼美——少了霓虹燈。但已超越一個小孩的期望，特別是外公店外面那條街，下午攤位都沒了。從現在的角度，快樂世界是一座沒有冷氣的橫向shopping center，是現代大廈式縱向shopping center的雛形。

冷氣對小朋友不重要，天天重複地逛也沒關係，快樂世界那麼大，小朋友可以每天發現一點小新奇的事物，天天快樂。

沒想到，快樂很快就變得不快樂，還差點釀成悲劇。他在快樂世界的唱片行聽著王沙、野峰的說唱，不知道什麼時候，身後一把聲音響起：「你來幹什麼？」

他轉身，級任老師。

「明天叫家長來學校見我。」

他看著級任老師的身影遠去，從此失去快樂的世界。

49

六點四十五分，天光微亮，城市仍在靜謐中，生活卻已開始。梧槽中心對面停車場，一輛馬來西亞註冊的旅遊巴士停著，大部分人已到。走過去說要找振強，一個人如其名的六十開外男人過來，就是那種活動中常會看到的負責人，外向，隨和，果斷，說話中氣十足，手拿文件夾，頸上長長的彩帶掛著某個單位的牌子，手機不停地響，跟他講話老是被中斷。大家握手，極簡單地自我介紹，只說是補習老師——這張臉告訴別人做marketing之類，大概沒有人相信；對勿洞好奇，想去看看。就這樣，講多漏洞多。振強不在意這些，講了個價錢就走掉，太多事等著他處理。車子準時開動，車上真的有二十多人，由三、四群人組成，幾乎都是退休人士，從他們談話中知道，大部分是華文文教界的人，還好都不認識。振強走過來收旅費，閒聊中說，旅遊巴士將「直直去（tit tit khi）」，直直北上。車上的人相互交談或唱歌，玩簡單的遊戲，猜謎語、燈謎。戴耳機，裝睡，大概有人會指指點點，年輕人就是不合群。暗笑，在這裡是年輕人！剛才振強已經這麼喊了。抵達吉隆坡吃了午餐又「直直去」。這回真的睡去，其他人也都睡了吧？到勿洞還得振強叫醒大家。他怎麼不必睡？山城的夜來得早，抵達酒店後，振強吩咐大家放了行李下來吃晚餐。他解說，「勿洞」泰文為竹筒，晚餐以當地食材為主，白斬雞是當地著名的「勿洞雞」。吃完晚餐，振強又鼓勵大家，晚上沒節目不妨去shopping，或者吃榴槤，喝燕窩，刺激當地經濟；可使用馬幣，會講客家話最好。沖完涼去shopping，沒買東西，倒是其他人真的來享受高匯率低消費，不知道有多少人為馬共而來。只做city tour，看看山城樣貌。夜色中看不出什麼，就是一個普通的小鎮；一路走到盡頭，立於路邊，面對群山，心想，爸爸就一直在這山裡？霧重，一下子把山蔽去。

50

親愛的，你徹底被擊敗，覺得窩囊，沒臉見阿祥和世修。整個系或者其他系的同學都知道院長見了你，包括卡若琳。你認為學校一開始就掌握整個事件的每個細節，要不然系主任和院長也不會只選擇見你，而且你見過院長也是院方放的消息。你不寒而慄，這到底是什麼鬼地方？怎麼都是透囝（thau kiann）──臥底。都什麼年代了。

你只簡單向阿祥、世修和卡若琳交代，主任和院長要你別誤會，主任真的想回家，所以辭職，要你向其他同學傳達訊息。把主任告訴你的話再說一遍，給自己留面子。

阿祥和世修不信但也算了，卡若琳是來念書的，一直都不同意你的做法，自然接受你的解釋。

你最唾棄傳言，卻成了傳播者，共犯。

第一次，你不喜歡自己，討厭這個地方，恨不得趕快畢業，離開這個恐怖的地方。

51

□月□日。媽媽牽著他到學校，他從同學的神情看到四個字──你完蛋了。從遇到級任老師後他便知道完蛋了，只是不知道下場如何。

級任老師大概知道他和媽媽來了，特地從教員辦公室出來。長長的走廊上，陽光透過樹葉斜斜地灑著，鳥兒嘰喳地鳴唱，這應該是每個美好一天的開始，他卻幾乎提不起腳前進。

這時候級任老師突然半喊起來：「秀娟！」

媽媽也意外地半喊：「素君！」放下他的手，快步向前。兩人在走道中央，恰好落在陽光照射處，激動地四手緊握，互相避開陽光，端詳著對方後，同時問：「可好？」然後都輕笑了，再看著對方，最終想到他，一起走向他。

級任老師說：「都這麼大了。」

媽媽吩咐：「快叫素君阿姨——」立刻發現不對，糾正：「叫趙老師！」

級任老師說：「叫我素君阿姨吧！」看著他，再牽媽媽的手，把他們牽到沒有陽光的地方。

他只好看看媽媽，再對著級任老師，喊：「素君阿姨！」

「乖！」級任老師把手放在他的肩膀再對媽媽說：「沒事，孩子功課很好，你不用擔心。我都會安排時間見見家長，告訴他們孩子的學習進度，沒想到會遇見你，真是太開心了。」

級任老師完全沒提及快樂世界的事，他比她還開心。

媽媽當然也開心，但仍要級任老師對他多加管教，然後以要回學校為由，走了——怎麼講沒幾句就走了？他想。他和級任老師目送媽媽離去，那種感覺很奇怪，他不曾送過媽媽。

媽媽與級任老師的會面，能以「溫婉賢淑」形容兩人的言談與身體語言。這些年來，他一直記得那次兩人會面的氛圍，甚至那個早晨，那走廊的空間，光影，鳥鳴。

還有他那一所小學，跟他的世界一樣。

快樂學校。

他快樂的童年。

52

換了一處山水，來不及調整自己，吃早餐的時候，才較能感覺在勿洞。山區陰涼，甚至帶寒意。振強說，下午就知道，夠你熱的。車子出發，一路黃土。翻山越嶺，景致宜人，但盤旋顛簸，後悔早餐吃太飽。一小時後抵達和平村，迎接的導遊走路一拐一拐，說是「不小心踩了地雷」，裝上義腿後，拐著向前進。下榻度假村後是一系列的參觀，藥草園、武器製作坊、地下隧道……比較興趣的是馬共歷史文物館，看著照片中人，留意有沒有長得像自己或與自己同姓的。午餐後眾人「過檯」閒聊，忍不住繞過同團人，告訴負責招待的「老同志」爸爸的名字，問他認不認識？對方聽了搖搖頭，禮貌地回笑。客氣地不當一回事，轉身去要一杯茶。接著是自由活動時間，讓大家與村民聊天。以同樣的問題問一些卸下武器的前馬共成員，得到的是同樣的答案。沒灰心或失望，與大夥兒一起吃榴槤。傍晚參觀勿洞和平村烈士紀念碑，導遊說紀念碑山上風景更美，尤其是夕陽。大部分人沒上去，覺得自己應該上去，這裡的每個細節都可能與爸爸有關係。夜裡躺在度假村潔淨的床上，白天的影像不斷重播。這裡應該是最接近爸爸的地方。這些年他都在做什麼，受傷裝上義腿了嗎？他睡過那間新娘房嗎？或者，他已被貼在牆上，成了人們追思的成員？如果都不是，那他在哪裡？爬起床，打開房門，一陣寒風立刻襲來。明天應該去喝燕窩。

53

親愛的，主任退休事件告一段落，你為了文憑，苟且偷生。

日子如臥床的病漢，蒼白，無力。新系主任上任，沒找你們談雜誌的事，你主動將小房間的鑰匙交還主任的祕書。至今你仍不清楚，雜誌總共出版了三期還是四期。第四期應該胎死腹中，要不然就是阿祥和世修完成後期作業。你完全不理學校的事，你現在的「正職」是跟卡若琳在一起，「兼職」與「業餘」都在看電影。至於功課，who cares? 過關就好。

無聊的日子只得苦中作樂。學校學生這麼多，你一直不明白為什麼院長和舊系主任知道你的動靜。有一回，你神祕地告訴阿祥和世修：「有人跟蹤我。」

「誰？」兩人緊張。

原本想告訴他們你的猜測，為了不影響他們，臨時改口：「太陽！」然後大笑。

阿祥不甘，問：「那晚上呢？」

「還好月亮陪伴我。」

大家笑成一團。世修突然說：「喂！這是首好詩啊！」

你說：「那還需要一個開頭。」想了想，喊：「我是一坨屎，母狗是我媽，蒼蠅是我的護衛。」

大家瘋狂地笑，你發洩地喊：「我是一坨屎！躲不開太陽，也躲不了蒼蠅！」

世修收起笑意，故意冷靜地接口：「開槍殺它，后羿狂哭；開槍射它，噴得人人一臉大便。」

你再喊：「我是一坨屎！」

輪到阿祥，他故作朗誦腔：「啊！別往我身上插鮮花，我不需要花香的祭禮。只是，請記住——」

你又喊：「我是一坨屎！」

喊完，大家莫名地暢快些。

54

□月□日。遇見級任老師那個晚上，做完功課，刷了牙，下樓跟小舅睡前要去跟媽媽說晚安。媽媽在哄弟弟睡覺，沒留意到他，他發現她在啜泣，站了一下，沒開口，下樓去。

小舅鋪好帆布床，問：「有沒有跟媽媽講good night？」

他想了想：「她在哭。」

小舅遲疑了一秒，沒說什麼，躺下去睡。

沒有人知道媽媽為什麼哭。

魯迅子弟U2：青年導師的餘生與再生

來見你之前，突然想起魯迅先生在〈無花的薔薇之二〉中寫的：「墨寫的謊說，決掩不住血寫的事實。」從前讀了熱血沸騰，心底的正義被鼓起，隨時準備拋頭顱，灑熱血，將事實喚回來。這些年終於明白，無論「墨寫」或「血寫」都枉然，「事實」總不是單數或已散作碎片；漸漸地，不再追求「事實」，沒有墨，也沒有血，只留下魯迅先生的一對橫眉。

不要叫我老師。我知道臺灣有尊稱各行業師傅或資深工作者為老師的美譽，這很好。我不行，覺得是諷刺。

我們——這個複數在禁忌個人主義的年代，常當單數使用——自年輕就崇拜魯迅先生，熟讀他所有的作品。他是青年導師，我們緊跟著他學習，也希望有一天能跟他一樣。我們經常一起學習，互相推介好書。高中畢業後我便在工會開識字班、文藝理論班。我也寫書，文史哲理論、雜文、詩歌、小說都寫。我出了好些書，有一些理論書你手上也有，比如《文藝怎麼走入生活？》《歷史告訴我們什麼？》《為什麼要學哲學？》。奇怪，被提起的都是理論書。這些帶疑問句的書名都是我老闆改的，他認為工具書比較能賣，其實內容未必如此。書多在七十年代出版，多少本沒算過，十多本有吧！那時的書都是薄薄的，有些我也沒有。出這麼多書純粹是為了生活。我曾被抓，不容易找工作，最後一家童書出版社以極低的薪水要了我。我知道老闆剝削，但為了生活又能怎樣？我們曾為了反資產階級與殖民地主義剝削被逮捕入獄，出獄後自己卻被剝削，而且發不出聲音。面對荒謬的現實，什麼是「謊說」，什麼是「事實」，我們只能啞口。更荒謬的是，我老闆也是左翼，已經從文藝戰士轉成資產階級的布爾喬亞，熟悉勞動階級，比資產階級還懂得剝削。我記得那時無奈得只記得魯迅先生在七言絕句〈悼楊銓〉中的兩句：「豈有豪情似舊時，花開花落兩由之。」我的書都由同一個出版社出版，老闆卻常常隨便寫上一個假出版社和印刷廠位址便送去印刷，以免我的書出問題殃及他。他懂得發行的重要性，將我的書跟著《七十年代》雜誌一起發行。《七十年代》每期能賣整萬本，他希望我的書與《七十年代》擺在一起，能刺激一些銷量。從現在商業市場的角度評價我老闆，他是成功掌握市場行銷的商人。「墨寫」與「血寫」都在時代觀念沖刷下不留痕跡，「事實」還有市場嗎？

中國的政治對新加坡華人衝擊太大，英殖民政府於一九五八年禁止中國四十三家書局和香港十家書局的書進口新加坡，我的參考資料也受影響。新加坡一九六五年獨立，文革第二年開始，這場政治運動源自一個會議的結果。一九六六年五月十六日，中共中央政治局擴大會議通過毛澤東制定的中共中央通知——《五一六通知》。毛澤東當時在杭州，會議由劉少奇主持，一個當事人故意缺席的甩鍋會議。我還會背《五一六通知》其中一、兩段：「全黨必須遵照毛澤東同志的指示，高舉無產階級文化革命的大旗，徹底揭露那批反黨反社會主義的所謂『學術權威』的資產階級反動立場，徹底批判學術界、教育界、新聞界、文藝界、出版界的資產階級反動思想，奪取在這些文化領域中的領導權。」還有，「混進黨裡、政府裡、軍隊裡和各種文化界的資產階級代表人物，是一批反革命的修正主義分子，一旦時機成熟，他們就會要奪取政權，由無產階級專政變為資產階級專政。這些人物，有些已被我們識破了，有些則還沒有被識破，有些正在受到我們信用，被培養為我們的接班人。」中國歷朝歷代好像沒有統治者這麼徹底地在自己統治的政黨、政府、軍隊，還有學術、教育、新聞、文藝、出版界裡找敵人；統治者如此懼怕知識分子，肯定病了。

文革的烈火預期地蔓延到新加坡，嚴重地分裂新加坡左翼。半年後的十月七日，社陣退出國會，走向街頭，最後走向滅亡。

中國在文革期間輸出革命，中國銀行分發文革宣傳冊子，中國出品的貨物都印有毛語錄。「帝國主義走狗」四處闖，牆上隨時有人塗鴉，不久重新粉刷，但是另一面牆上又有新的塗鴉，而且第一面牆在油漆乾後，隱約可見底層的字樣。八十年代末，一些舊工廠牆上依稀可見「時代的痕跡」。新加坡出版的刊物許多都向中國看齊，「又紅又專」，包括我的。中國船隻來新加坡時，大大聲地播放革命歌曲〈大海航行靠舵手〉，我們在岸上都聽到：「大海航行靠舵手，萬物生長靠太陽。雨露滋潤禾苗壯，幹革命靠的是毛澤東思想……」船上還掛著：「戰無不勝的毛澤東思想，萬歲萬歲萬萬歲」的布條。

書籍匱乏，電視不發達的年代，大家的精神糧食就靠武俠小說與言情小說，包括以廣播的形式呈現。大家都「躲進」武俠與愛情的「小樓」成一統，「管他春夏與秋冬」，最紅的小說家金庸與瓊瑤則「橫眉冷對千夫指」。那年頭，武俠小說是精神鴉片，言情小說頹廢，荼毒青年身心，流行歌曲是靡靡之音。多健康的時代。

八億人口如火如荼地在亞洲東部展開文化革命，亞洲東南側小島領袖卻於一九七三年五月十五日到八億人口邊對立的小島訪問，似乎不曾感覺這場政治運動帶來令人透不過氣的壓力；又或壓力太大，逼得兩小島領導人須一會，以商對策。那一年李光耀五十歲，蔣經國六十三。是次訪問開始了李光耀與蔣經國十五年的友誼。面對北方陰晴不定的巨龍，同是炎黃子孫，李光耀與蔣經國肯定是全世界最了解彼此的領袖，日後李光耀頻頻「祕訪」臺灣也就不意外。一九八八年蔣經國逝世，李光耀到臺灣參加蔣經國的葬禮時說：「我來向這位已故總統，同時也是我的好朋友致哀。」

對特立獨行的李光耀，中國在不同時期對他有不同的評價。在人民共和國剛獨立的年代，遠在四千公里外的《人民日報》，數次報導褒揚李光耀的新聞；人民行動黨執政後，文革開始，李光耀無可倖免地成了「帝國主義走狗」，進入七十年代，李光耀才變成「中國人民的老朋友」。轉變主要是中蘇交惡，中國須爭取更多國家支持。另外，新加坡在一九七一年支持中國加入聯合國，承認一個中國，臺灣是中國的一部分。所以，在馬來西亞與泰國首相訪問中國後，即使在文革期間，李光耀還是在一九七六年五月十日訪問中國，見了八十三歲的毛澤東。這也是李光耀第一次訪問中國。安排李光耀訪問的周恩來則不幸在這一年一月去世。

李光耀於五月二十三日回新加坡後，中國發生天翻地覆的驟變。九月九日毛澤東逝世，十月六日四人幫下臺，文革結束。兩年後的一九七八年，七十四歲的鄧小平訪問新加坡，宣告一個新時代的來臨——中國不再輸出革命。

國共在海外爭取華人認同，在小島有許多兵家必爭之地，特別是兒童啟蒙刊物。中華書局在一九二二年創辦的《小朋友》雜誌——至今仍在出版，原本也賣到新馬；一九五八年禁止中港書籍進口後，香港的中華書局在第二年改出版《小朋友畫報》（一九九二年停刊），在東南亞更名《南洋兒童》（一九九八年停刊）出版。

香港的友聯出版社則於一九五二年創辦《中國學生周報》（一九七四年停刊），第二年出版《兒童樂園》（一九九四年停刊）；一九五六年《中國學生周報》在東南亞以《學生周報》（一九八四年停刊）出現，一九六四年創辦《少年樂園》（一九八五年停刊）。友聯大部分成員屬「第三勢力」——國共之外的另一股勢力。「第三勢力」獲美國亞洲基金會（Asia

Foundation）資助，是美國在香港推動的政治組織。亞洲基金會則由美國中央情報局（CIA）成立。

沒有特定立場的有本地南洋書局一九四六年創辦的《馬來亞少年》（一九五七年停刊），以及世界書局一九五〇年出版的《世界兒童》（一九七八年停刊）和一九五三年出版的《世界少年》（一九七八年停刊）。南洋書局老闆是歷史學家陳育崧，《馬來亞少年》主編則是另一歷史學家許雲樵，兩位歷史學家守護一名「馬來亞少年」，幸福了我們的少年。世界書局老闆創辦人周星衢，也是大眾書局的創辦人。

這些讀物是兒童與青少年的精神糧食，除了作為經濟市場商品，最主要是直接影響數代人。東西兩大國在冷戰期間滲透少兒讀物，魯迅已遠遊，誰來「救救孩子」？然而，大部分兒童或青少年成長後，只知道這些讀物豐富了他們的成長歲月，完全沒提到或表現受刊物背後的意識形態影響，甚至不知道左右中的存在；許多人是幾本刊物一起買或閱讀，若要影響，則左右中都有。實際上，童年記憶模糊，大部分人甚至想不起當年讀了什麼，更談不上影響。

文藝圈是旗幟鮮明的現代主義與現實主義互不相讓，大家選邊站，時有筆戈。現代主義由臺灣傳入，現實主義在這裡比較正確的說法，就是受中國影響的「革命現實主義」。百度百科解釋：「革命現實主義的主要特點是，要求作家用無產階級的立場、觀點、方法真實地描寫現實生活。」這時占上風的是「革命現實主義」。文革結束，進入八十年代，「革命現實主義」便不合時宜，九十年代冷戰結束，現代主義走入後現代主義：創作者也告別「主義」的枷鎖，自由地創作。

那年頭烏節路還沒開發，諧街的英文名High Street在字面已講明是主要商業街，大小商場分布延伸至珍珠坊，橫跨大小坡。比較有趣的是珍珠坊，商場二、三樓是中僑百貨公司，專賣中國貨品；商場樓下有一個專賣臺灣貨品的大星百貨，比中僑小很多，與兩地的地理面積成正比。

這時期是武打片與愛情片的黃金時期，在「進步人士」看來，打鬥、血腥與夢幻愛情都不值得鼓勵，須有「正派電影」對抗邵氏、電懋——後來的國泰等資產階級反動電影。中僑影業經營的中僑院線專門放映香港左翼機構「長鳳新」——長城電影、鳳凰影業和新聯影業的電影，明星有夏夢、石慧、鮑方、傅奇、鮑起靜、王葆真等。撇開意識形態與拍攝技巧，左翼電影確實是一股「清流」，避免工商業剛起步的純樸島民，迷失在蒙太奇的夢幻世界裡。

這些都是後來補回來的，希望弄清楚當時的局勢裡，自己這張小小的拼圖究竟處在什麼狀況。

其實，我在學生時期就參與反殖民地運動，但一直沒有被捕，我知道一些激進的左翼因此有譫言，甚至我被抓、釋放後也有妄言。「但我坦然，欣然。我將大笑，我將歌唱。」這是魯迅先生在〈野草題辭〉中說的。我一直挑戰他們當面對我說，我一定告他們誹謗。不妨告訴你，我一直沒被抓是因為我躲在戲院裡。政治部抓人都在午夜，我們大概知道幾時會出事，好多人躲到各別的戲院看午夜場，散場後找地方瞇一下，天亮了才睡。後來我索性找一份在戲院打掃的工作，散場打掃後就睡在戲院裡，天亮繼續活動。激進的左翼很多一開始逞英雄，準備被抓，「浸」一陣子出來就是英雄，誰知道政府換了，出不來。我被抓也在戲院裡，黎明前在睡夢中被叫醒，我知道被出賣了。

我出獄後文革早已結束，我們慢慢知道中國發生什麼事。人到中年，關注的是未來。然而，前路茫茫，我們像做錯了什麼決定，有被背棄，甚至開自己人生玩笑的殘酷感知。大家痛苦地過著「餘生」，如魯迅先生在〈娜拉走後怎樣〉裡說的：「人生最苦痛的是夢醒了無路可走。」痛苦中有人選擇繼續奉獻社會運動；有人默默地離開，但還是左翼，社會主義畢竟是一種理想；有人背道而馳，縱身資本主義大海，把對社會的理想轉為賺錢的理想。無論什麼態度，我們都曾集體為理想犧牲，付出代價。

我出獄後長期失業，幾乎沒有立足之地，只好轉向「老本行」當家教，而且小有名氣。我也繼續寫，慢慢地有一些外地刊物找我寫專欄，現在社會比較開放，終於有基金會找我合作研究。經過時代的淘洗，我們這些左翼沉澱後再出發，我稱為「再生」。我始終相信魯迅先生在〈記談話〉裡說的：「希望是附麗於存在的，有存在，便有希望，有希望，便是光明。」

關鍵時刻來襲的畫面

55

訪問魯迅子弟Ｕ２是意外的收穫。訪問Ｘ之後，隨口問有誰能推薦，他給了一個名字。打電話給那人，那人拒絕，大概不好意思，送了一個名字：Ｕ２。Ｕ２相當完整地呈現當時的面貌，甚至無意間透露，他「在學生時期就參與反殖民地運動，但一直沒有被捕」，他知道「一些激進的左翼」因此對他有「譫言」，甚至在被抓、釋放後，仍對他有「妄言」。白話地說，左翼圈子有人懷疑他。先打電話給Ｘ，問他認識Ｕ２嗎？Ｘ只淡淡地，不想談這個人，便放下電話。再打電話給Ｕ。Ｕ說，聽過，沒印象。知趣地掛電話，告訴老師。老師說，一般肯接受訪問的人都是「安全人物」，Ｕ２想嘗試說明自己沒問題，意外地留下缺口。他要我先別做評斷，在訪問其他人時，不妨問他們對Ｕ２的看法。只是，那之後便沒再聽人說起Ｕ２，論文完成後也忘了這件事。

56

親愛的，你和卡若琳的發展不受學校小風波影響。

電影院永遠是情侶的聖地，第一次約會看《*Dirty Dancing*》，半年後吧！已經是年底，天氣轉涼，烏節路盡是繁華璀璨的聖誕燈飾——上一個燈火璀璨的記憶是快樂世界，還有人誇張地穿上秋冬裝，像走入童話，充滿夢幻，最適合戀愛。你們去看Cher和Nicolas Cage主演的《*Moonstruck*》，你記得華文名譯為《月滿抱佳人》，你在電影院裡抱了佳人，還吻了她。

整個過程你略設計，但都不在意料中。你故意買最後一排位子，而且是電影院旁側的兩個座位。電影開場不到五分鐘，你便將右手往後伸，不小心敲響椅後的木板牆，她側過頭來，朝你笑了笑。你覺得自己太差勁，也朝她笑了笑，將手伸過去，輕放在她另一邊的肩上，再輕輕地將她摟抱過來。她倒大方，自然地斜靠向你。同一秒，你嗅到她身上的淡香，輕而有序的呼吸，還有依在你手臂的肩，女性肌膚的柔潤。那畫面也一定很好看。你想。就這樣一輩子吧。

五分鐘後，你的手臂因承受她背部的靠壓逐漸麻痺。這樣的麻痺是幸福的，習慣之必要。隨即你開始心跳加速，「計謀」即將展開。你輕拍她的肩，寧靜中聽到自己的心跳，她自然地轉過頭來，以詢問的眼神看著你。你將臉傾向前，在黑暗中期待一次匯合；她倒大方，迎向你，仍閉著嘴，唇微動，蜻蜓點水後，嘴角泛起一朵百合花，轉過頭繼續看電影。百合花在漆黑中盛開。

螢幕突而轉亮，一束光輕掃而過，你驚震醒來，整個世界還是暗黑的，你在黑黯中回味那觸感。那不到一秒腦裡一片空白，沒有記憶，上述的記述純屬揣測。有記憶的是整顆心幾乎蹦出來。第一次觸覺如此失憶，你充滿疑惑，再將臉傾前，她側眼看見，笑著用手將你的臉轉向螢幕。

你繼續讓手麻痺，思索著幾時再將臉傾前。

57

□月□日。媽媽哭過不久，有一天對他說：「我們要搬家了。」

他沒開心，他的快樂世界在這裡，他的快樂學校在這裡，搬家後他的世界肯定不再快樂。

他沒問為什麼，只點點頭表示知道。

其實他想問，可是知道媽媽不會告訴他。他在很久以後，把爸爸也聯想在一起才明白媽媽的苦心，以及效仿孟母的做法。

像當初搬來這裡，這回搬家也沒什麼東西。小舅不知道從哪弄來一輛 pick-up——敞篷小貨車，把簡單的物件搬上車就走；倒是外婆一直在旁叮嚀：「欲常常轉來！（beh siong siong tng lai! 要常常回來！）」教媽媽哭了。

他很怕媽媽哭，當作沒看見，四個人坐在前座，向外公和外婆揮手，希望小舅趕快開車。

車子走了，留下快樂世界和快樂學校。

58

從匆洞回來後，覺得自己幼稚得像小學生。老師出題便去完成，現在功課有問題，不知怎麼辦。弔詭的是，這回的題目是：找爸爸。相信爸爸的名字未必正確，就算正確也未必會在一個地下組織公開使用。媽媽雖說爸爸死了，未必真的去世，可能是誤傳，也可能是當時為了保護爸爸或我們，更可能是媽媽放棄後的說法。難題是，相隔四十年後，在完全沒有線索下，找一個不知道真正名字、沒印象的爸爸。

59

親愛的，雜誌停辦，你在學校只剩一項「全職」——談戀愛。只是，卡若琳老是功課忙，她不明白，為什麼你沒有功課。你也不明白，她哪來那麼多功課。

你們的約會不受卡若琳的功課影響。年輕的情感自然地融匯，腎上腺素在情到濃時急速上升，刺激年輕的生命驅動原始的本能，探索生理的奧祕，釋放受道德抑制的歡愉。

然而，有一次在植物園八角亭閃過腦中的畫面，頻頻在關鍵時刻來襲，中斷你所有的衝動，加速的心跳在瞬間回復至日常。這一刻，你只能將卡若琳緊緊地摟住，被動的卡若琳似乎感激男朋友的「發乎情，止乎禮義」。

你痛恨那腦中閃過的畫面。

60

□月□日。他們的新家在東陵福——Tanglin Halt。Tanglin十七世紀是潮州人的墓地——東陵（Tang Leng）。英國人開發東陵，設火車停靠站，這裡便成了Tanglin Halt，halt有停止、暫停之意。為一掃墓地晦氣，華人為halt找了一個寓意吉祥的潮州諧音——福

（hog），「東陵停靠站」便東西湊合成東陵福地——東陵福。若干年後，記憶裡只剩火車聲和模糊的一房一廳舊式組屋格局。

火車繼續呼嘯而過，不過已不停靠。他沒去追火車，媽媽不允許。媽媽應該知道他曾跑到快樂世界去。火車軌道不是快樂世界，他的興致不高，倒是偶爾會跟小朋友去抓蜘蛛，但次數有限，媽媽看得緊，而且蜘蛛需要餵養，媽媽自然會知道。麻煩的是，現在還有弟弟，沒讓弟弟參與的事，他都會打小報告。媽媽要他帶弟弟一起去玩，他不喜歡，弟弟不是每種遊戲都會玩，即使會也很差，讓他掃興，所以他一直不喜歡這個累贅。

不利的局面還有，現在跟媽媽、弟弟同校。每天大家一起上學、放學，只好做乖學生。放學時偶爾遇到其他老師，還要做好孩子，幫媽媽拿水壺、未改的作業簿。學校處處是媽媽的眼線，不能讓媽媽難堪。晚上一起燈下做功課，一起睡覺。這都不是他要的世界，他開始懷念小舅和快樂世界。

搬家後的媽媽才是真正的媽媽，不再是人家的女兒或妹妹、姑姑。他喜歡星期天，媽媽帶他們上巴剎。去巴剎前，先到小販中心吃早餐。當然，小販中心和巴剎的氛圍不如外公的芽籠七巷，他也不會去「參觀」，長大一點，甚至不跟媽媽去巴剎，寧可坐在小販中心幫媽媽看守東西。

上完巴剎後，通常去兩個地方，植物園或外公家。他逐漸地不喜歡外公家，覺得吵、髒。小舅待他如故，不過他都躲在樓上看書，讓小舅跟弟弟玩。

去外公家有一件事他很不喜歡。媽媽和外婆總是拉拉扯扯，比如外婆給媽媽錢，媽媽總說，不用啦！我有。外婆把拜過神的水果讓他們帶回家，講家裡沒人吃，媽媽也推說，不必了，家裡有。他們要回家時，外婆要他們坐德士回去，媽媽又說，不用了，搭巴士很方便。

這樣的畫面出現時，他總會去找兩個舅母，看看她們的臉色，每每都像外婆偶爾發現她們臉色不對時低喃的：「面烏到像鼎跤！（bin oo kah tshiunn tiann kha! 臉黑得像鑊底！）」或：「我未死，排啥死人面？（gua bue si, pai sann si lang bin? 我還沒死，擺什麼死人臉？）」

坐德士當然是外婆給錢。後來外婆不給了，交代小舅截德士，預付。他不明白，媽媽坐上德士後，為什麼不一會就下車，告訴德士司機，臨時改變主意，要下車了，找回錢，他們再坐巴士回家。

媽媽老是欺騙她媽媽，但是，誰敢講她？

他比較喜歡去植物園。傍晚沒那麼熱，他們會拿預先準備的麵包屑餵黑天鵝，黑天鵝像艘小船，見不到牠游泳，卻一下子就來到他們面前，等他們丟麵包。他們一面沿著湖畔跑著一面丟麵包，黑天鵝也跟他們一起游。

他們也會在草地上踢球，媽媽一起踢，但是一下子就沒氣。三個人裡，無論玩什麼——

爬樹、跑一百米、放風箏，都是他最好。多年後與弟弟聊起，大家都同意，那是他們這輩子最快樂的時光，媽媽為他們創造的快樂世界。

61

陌生來電，問，你找人啊？已忘了這把聲音，想了一會，小心地回，是啊！對方沒問什麼，就是想幫忙的語氣，問明兄吧！明兄認識的人比較多。是振強。說了謝謝掛電話。振強怎麼知道我在找人，而且對找什麼人不好奇？明兄又是誰？為什麼他就能幫忙？振強可能在勿洞和平村看見我問前馬共成員，他為什麼特別留意我？即使是無意，會不會過度熱心？熱心未必受歡迎。

62

親愛的，媽媽下課回家，經過你的房間，看見你躺著，進來，摸了摸你的額頭。知道你沒病，臨出去前念：「年輕人不要沒事老是躺在床上。」

「有事啊！大件事！」你在心裡喊著。那個要命的畫面像孫悟空的緊箍咒，老是在緊要關頭干擾你。但是，對媽媽，你最大的反應只能當作沒聽見。

那個畫面像張黑白照片，總是一閃而過，烏漆麻黑的，最初不知道畫面裡是什麼。最近才看清楚，是個女人，用筷子夾著一個男人的小雞。為什麼會有這麼滑稽的畫面？這對男女在幹嘛，性愛情趣遊戲？為什麼總在關鍵時刻在腦裡出現？這意味著什麼？

你快瘋了。

63

□月□日。這是個難忘的日子，必須冷靜準確地敘述。

地點在外公店外。畫面是媽媽與外婆告別，外婆拿了一籃食物——魚肉蔬果等，硬要媽媽拿回去，剛好——他懷疑是剛好，二舅母出來吐痰——他懷疑她是來看外婆究竟給了媽媽什麼。二舅母吐了痰，親點導火線，不屑地說：「乞食上門閣裝好額（khit tsiah tsiunn mng koh tsng ho giah，乞丐上門還裝有錢）。」

這句話他已經聽了無數次，這次不知道哪來的勇氣，叫回：「排啥死人面！」

二舅母傻了，隨即子彈般地向他掃射：「我苦！罵我是死人！你啊！無教示！竟然敢罵大人是死人（gua khoo! me gua si si lang! li ah! bo ka si! king jian me tua lang si si lang，

哎呀！罵我是死人！你啊！沒教養！竟然敢罵長輩是死人）……」接下去應該是重複的句子，他已聽不到，一個巴掌摑過來，是媽媽。

他的耳朵嗡嗡作響，看著媽媽。他從沒看過媽媽如此生氣，漲紅著臉，手發抖，向二舅母道歉：「失禮！失禮！（sit le! sit le! 對不起！對不起！）」再對他喊：「上樓跪！」轉身與弟弟上德士，離去。

家族的人趕在三十秒內來看戲。外公終於開口，指著二舅母：「你啊！逐工沒代誌亂講話，看我敢毋敢趕你出去（li ah! tak kang bo tai tsi luan kong ue, khuann gua kann m kann kuann li tshut khi，你啊！每天沒事亂講話，看我敢不敢把你趕出去）。」再對小舅說：「帶伊去樓頂歇睏（tua i khi lau ting hioh khun，帶他去樓上休息）。」

小舅將他帶離戰場，他上樓時問：「媽媽還會回來嗎？」

小舅安慰：「沒關係，我帶你回家。」

他再問：「跪哪裡？」

「不用啦！」小舅帶他進自己的房。

他問：「跪這裡？」這個房間以前媽媽住過。

小舅沒說什麼，或考慮說什麼。他理解成小舅同意，就跪在門口。

小舅長歎一聲，像搞砸什麼，坐下來勸：「起來吧！」

他沒理小舅。媽媽說要跪的。

小舅拿他沒辦法，索性坐在他面前。

「哎呀！跪什麼啦！起來！快點！」外公上來，用他的福建華語大大聲地說。

他沒起來，怕媽媽知道。

「哎呀！這麼任性啊！」外公牽起他，給他一支冰淇淋。「拿去吃！沒什麼啦！不要怕。小孩子就是要說真話。」

他沒打開冰淇淋，小舅接過，幫他打開再給他，外公則把他帶進房，讓他坐下，看著他吃冰淇淋，再軟聲地：「你吃先，吃了沖涼，沖了涼吃晚餐，吃了晚餐小舅再帶你回家，好不好？」

他抬頭看外公。滿是白髮的海軍頭老人，肥大的臉上還有汗水，笑起來跟弟弟一樣，少了一根牙。

這是他對外公最初也是最後的印象。這之後，他不再出現於芽籠七巷。他恨這地方。

64

決定暫且拋開對振強與明兄的質疑，打電話給明兄。明兄在那頭笑說，你終於打來了。

像在等電話。說了爸爸的名字，補充，可能有改。明兄明瞭地，沒關係，我明白，再補充，有沒有消息都讓你知道，隨後道再見。就這樣？是的，就這樣。他們究竟是誰？為什麼稍一提，明兄就「我明白」？他們像已久候我的到來。會不會有人設下圈套，讓我跳下去？問題是，憑什麼人家要對我如此，值得嗎？而且是自己主動找人。另一個可能是，會不會原本不在名單內，既來之便無限歡迎。明兄沒見過，振強像這樣的人嗎？不像，而且還安全地跟他去了匆洞回來。管他！反正沒事幹，跟他們一起玩打發時間也不錯，小心就是。

65

親愛的，你快發瘋的行徑引來阿祥和世修關心。這種事如何開口？你只能說沒事，儘管全世界的人都知道你有事。你不知道怎麼回答，索性向他們吼：「我是一坨屎！」過後覺得太過分，低聲告訴他們：「我可以handle。」說完差點哭出來。

在你發瘋前，一個與你們沒關係的學生運動讓你找到發洩的出口，暫時分散困擾。事件發生在中國，全世界都意外，每個人都在議論。學校裡有人印製T恤支持學生，有人利用各種管道將消息傳給那裡的學生。

你當然沒缺席，拿到T恤的第一時間，便與阿祥、世修和幾個同學穿上去，迅速地在學校見了一圈。T恤上寫著四個黑字：

痛心疾首

然後各自回家去，第二天故意不回學校。第三天到學校，立刻被通知去見院長。你不知道阿祥和世修見了院長嗎？院長警告你：「學校不允許搞政治，要不然我叫警察把你帶走。」

你覺得就是表達一下自己的情緒，何必套上「搞政治」的恐怖罪名？你再次體會最高學府的實質。

你一句話都沒回，靜靜地聆聽教誨，呆呆地看著牆上的照片，還是不太肯定照片中人都是院長。反正做都做了，要打要殺都避不了，你有更嚴重的困擾，所以也不在乎學校的處分。院長見你沒反應，認為靜默就是認錯，知道恐嚇已見效，要你回去，再犯就影響你的前途。後來有同學告訴你，學校當天就貼出公文，不准參與政治活動。

你依舊與卡若琳見面，對這件事她沒有絕對的立場。你告訴她，就要畢業了，巧遇歷史時刻，就得對歷史表態，否則將來會後悔。她應該沒聽進去，念商科的人關心的是這次事件對經濟的影響。

你終於發現自己與卡若琳的不同。

66

□月□日。那天小舅送他回家後，媽媽一直沒正眼看他。他不知道如何是好，默默地刷牙，默默地換衣服，默默地上床睡覺。快睡的時候，感覺媽媽輕撫他的臉，在她刮巴掌的地方，開始啜泣。他不敢動，怕媽媽發現他還沒睡。

67

明兄沒來電，倒是學校正式來函，開學後繼續回去教書。關上電腦，第一時間反應是：不回去了。倒不是怕讓人恥笑，而是想表明立場，即使只是普通雇員，也不能隨意喚人停職，學校就只想自保。問題是，全世界的中文系都僧多粥少，走了等於關上門，除非準備換跑道。其實很想改行，就不知道還能幹嘛。窗外八哥在鳴唱，高八音再拉長，長短音重複，得一個字：吵，或兩個字：難聽。應該就是同一隻，幹嘛沒有同伴？莫非假孤鳥遇上真孤鳥。走過去，與牠對視。有說本地八哥比爪哇八哥小，想知道牠屬哪種。沒大與小的概念，沒得比較。想從側面看，牠瞥了一眼，像在說：多事。飛走。倒是公園的幾棵雞蛋花樹，假花似的，從沒看過它們凋謝。公園宛如一幅畫，油畫，熱帶適合油畫，一點都不立體，搬來這些年還沒走進過。應該找一天下去走走看看，看那幾棵雞蛋花樹，看公園還有什麼，會不會只有一隻八哥。

68

親愛的，那纏縛的畫面讓你萬念俱灰，更別說讀書，而且已經見了兩次院長，不能再有第三次，所以沒事都不去學校。

星期天早上起身，不見弟弟人影，媽媽也還沒起身。閒著沒事，到小販中心買早餐，大概早一點，那攤老是排長龍的粿汁沒幾個人排隊，決定早餐跟媽媽一起吃粿汁。

買回去，媽媽已起身，見你買了早餐，開心地接過處理。你到房門探頭，弟弟的床上還是空的，提醒媽媽：「又沒有回來睡，要說幾句啊！」

媽媽已坐下來，等你一起吃。「你們兄弟說了有用嗎？」

你已經達到目的，自顧地坐下來。對於媽媽，你是上了大學才敢這麼放肆。「世上只有媽媽好」，你們的媽媽又比別人的辛苦，你從不讓她難過。

誰知道媽媽還來回馬槍：「今年最後一年，活動不要太多，什麼事都畢業後再說。」

你看著媽媽，覺得她不知道什麼時候老了。突然想到怎麼回答：「哦！那畢業後才努力。」

媽媽用筷子夾著一截滷大腸，正說：「咦！怎麼沒剪？」被你的話逗笑，手一鬆，滷大腸從筷子掉下。媽媽的側臉、神情、手勢在○．一秒內驚醒你腦裡某個沉睡多年高度吻合的褪色畫面。你愣住，無法語言，胃氣上衝，化作一陣噁心。你衝進廁所，發出極大的嘔吐聲，把昨晚僅剩的食物全吐出來，最後連苦水都嘔了；伴隨的還有眼淚、鼻涕，接著一陣耳鳴，好一會才聽到媽媽問：「怎麼了，突然嘔吐？去看醫生啊！」

你向她搖搖手，嘴裡的唾液長長地垂著，你吐著氣，設法將它吹掉。

「去看醫生，看為什麼會這樣。」

你最終用手捽掉唾液，洗了手，沒看媽媽，越過她的時候搖搖頭，算是回答。

「你還要吃嗎？」

你已經躺在床上。聽到媽媽的聲音：「休息一下再吃吧！」

你以腹部呼吸，調整心緒。那隻手，那個握筷子的手勢……那個恐怖的畫面原來是你的主觀視角。為什麼會有那個畫面？為什麼與卡若琳在一起才出現？你受不了，覺得頭快爆炸；跳起來，換了衣走出去。

媽媽見你突然要出門，問：「去哪裡？不吃了？」

你想了想，回：「看醫生。」

69

□月□日。媽媽的那一巴掌之後，他們不再到外公家。倒是外婆偶爾會來，小舅載她來，還有一車的日常用品與食物。他和弟弟帶小舅去玩，他已經不去遊樂場，都帶小舅到小販中心介紹小舅好吃的東西。當然，小舅給錢。

外婆回去的時候總會給他和弟弟錢，都是五十塊、五十塊地給，但都讓媽媽沒收，說留著以後讀書用。

外公久久來一次，要他們帶他四處走走看看，而且還提議去走火車道。好幾次，火車就從他們身邊衝過。外公吩咐，沒有大人，你們最好不要來。他們真的沒去，不好玩。

外公最後都帶他們到酒樓吃晚餐，這是他和弟弟最期盼的。

70

明兄來電說有好消息，竟莫名地心跳加速。他只打聽到一個人的電話，叫莊亞才，可能知道爸爸的事。莊亞才住澳洲，明兄還沒跟莊亞才聯絡。記下莊亞才的電話號碼，掛了電話才想起忘了向明兄道謝。深吸一口氣，撥電話，電話接通，沒人接。吐了一口氣，到廚房喝水，繼續打，仍沒有人接。放下電話，再呼一口氣。喝水時察覺，今天窗外少了八哥，決定到樓下的公園去。去幹嘛？不知道，就是從來沒去過。原來公園也只有我住的這一排屋子前種了雞蛋花。走近雞蛋花樹，紅螞蟻成群排隊在樹上上班，立刻雞皮疙瘩，接著被莫名的小蟲發現，左右攻擊。這些年不下來是對的。回公寓後立於窗前，這樣不是很好嗎？美是需要距離的。對了！忘了關心公園裡究竟有沒有其他八哥。誰是莊亞才？

71

親愛的，你沒去看醫生，轉坐巴士去學校。想到沒告訴媽媽，下車打電話給她，說看了醫生回學校做一點功課，再乘巴士去學校。

星期天學校沒人，冷清若空城。你到圖書館去，也沒幾個人，深覺現在需要力量或者撫平心情的書本，無聊地在書架前選書。看見尼采的《查拉圖斯特拉如是說：一本寫給所有人及不寫給任何人的書》，覺得他很可憐。一八八九年，四十五歲的尼采在卡羅．阿爾伯托廣場（Piazza Carlo Alberto）看見一匹馬被馬夫鞭打，上前抱住馬兒痛哭：「我受苦受難的兄弟啊！」然後癱倒在地，不久便發瘋，九年後去世，死時才五十六歲。

你想，如果是你，也會與尼采一樣。尼采先其他人類體認不該虐待動物，可惜敏感的人對無感的世界最終要發瘋。你不知道幾時輪到你，肯定不會像尼采，已經沒有馬兒可以讓你抱著痛哭。你知道你的上帝也死了，你的世界也已到末日，在今天早餐之前。

你同情尼采，借了《查拉圖斯特拉如是說》，繼續徘徊在書架前，拿下席慕蓉詩集《七里香》，翻了翻，抄下詩集裡的〈如果〉。〈如果〉提醒你該做某些決定。你借了兩本書，打電話給世修。世修家住東部，學校在西部，他有親戚住學校附近，上課的日子都住親戚家。你問可以與他一起借住親戚家到學期結束嗎？他什麼都沒問就答應，約好傍晚在地鐵站見面。

回家後你沒正眼看媽媽，你需要時間；只告訴她，剩下最後幾個月，要去西部同學家住，省去交通時間，也可以一起討論功課。媽媽沒說什麼，在你帶上門時提醒：「在人家家裡，要注意一點。」

你幾乎哭出來。

72

□月□日。跟媽媽一起上下課的好處是，知道學校一些祕密，比如學校希望成績好的學生，中學申請什麼學校。有一次下課，他們與另一位老師一起走路回家，那位老師告訴媽媽，估計班上有多少學生可以升華僑中學，她還告訴媽媽，有一、兩個學生高中畢業拿到獎學金出國讀書。

華僑中學像很了不起，他記住這個校名，晚上做完功課時，告訴媽媽：「我想念華僑中學。」

媽媽一怔，輕笑。「念什麼學校都沒關係，只要肯努力就會有好成績，最重要是長大後不要學壞。」

媽媽沒有回答他，他私下決定要升上華僑中學，而且還要出國讀書，後邊的宏願沒有告訴媽媽。

魯迅子弟N：理不清前塵的道具小工

我今天能成為所謂藝術家全是意外，我要感謝當時我們劇團的團長，還有因政治事件被逮捕，讓我有兩年在牢裡好好自修。

很好笑，我只是劇團裡的跑腿，在大掃蕩時竟然也被抓。參考新加坡歷來因政治事件被逮捕的名單，從一九五〇年到一九八一年的三十二年，每一年都有人被捕。一九七六年三月我被帶走，這一年每個月都有人被抓，共九十五人，平均每個月近八人。

我被抓時才十六歲，那些人要我交代我參加的顛覆活動，甚至交代團長的部分，白話文就是出賣團長。我坦白告訴他們：「我們什麼都沒有做，怎麼交代？」我只是團裡一個做道具的小工，跟我做的道具一樣，有沒有都不太重要。道具工這名銜是讓我有自尊，其實就是小打雜，團長不想讓我到外面學壞，把我留住。

我能混進劇團，得先從我爸說起。我爸是木雕師傅，幫人家雕各種神像。我從小就喜歡木工，家裡只有我得「真傳」，哥哥弟弟和妹妹都沒興趣。我爸工作時我喜歡在旁邊看，玩他的工具。我媽對我爸說，死啦！這個兒子長大跟你一樣。我爸不想我干擾他，像丟一塊骨頭給小狗般丟一小木塊給我，我就在一旁雕我的動物——貓狗大象老虎。

那時候除了廟宇和有錢人，沒幾個人買得起雕像，都是畫像。我爸為了生計，連神龕和其他拜神的用具都賣。後來人家找打石師傅，我爸覺得木雕和石雕差不多，也開始打石。新加坡八十年代中還有一條拍石街（phah tsioh kue，打石街），就是甘榜格南（Kampong Gelam）一帶的彭亨街（Pahang Street），我們的店就在那裡。那時主要是做石碑，在石碑上刻字，偶爾會包下整個墳墓的裝飾工程。打石的生意比木工好，我爸爸幾乎要放掉木工。我媽不同意，覺得石碑晦氣太重，一定要兼做神像。

有一天來了幾個讀書人，問我爸會做兵馬俑嗎？我爸說那是陶泥燒成的。年輕人只要兩個當道具。我爸建議，那用木製的，比較便宜，也容易做。我爸大概很久沒做木工，也可能想做兵馬俑，我媽說我爸痟了，收費很低。我爸照著照片做，我就在一邊幫頭幫尾，後來甚至讓我先鑿他修飾。兵馬俑做好後，我媽覺得煞氣太重，趕快送去給人家。演出後，那兩個兵馬俑就擺在劇團大門外。不是以它取代石獅，而是沒有地方放。

大概知道搞戲劇的沒什麼錢，我爸就幫人家搭景，做道具，當然，多少收一點錢，至少本錢啊人工啊助理啊都要算。我就是那個小幫手。戲演完後，我留下來打雜，有演出就負責搭景，做道具。我喜歡那裡的集體生活，長大後明白那叫歸屬感。

有一天，團裡的哥哥姐姐們跟我要鐵桶，還強調：「就是燒金銀紙的那種。」我們家有，但是劇團不拜神燒金銀紙，只能弄一個放餅乾的鐵桶給他們。他們各拿出一張硬紙，點了火，拿在手上看著紙張燃燒，直到快燒到手，才丟進桶裡。

我好奇：「燒什麼啊！」

「文憑！」一個姐姐驕傲地說。

一個哥哥說：「像你，沒念那麼多書，也在劇團裡搭布景做道具。我們比你多讀幾年書，不見得能搭好布景做好道具。你說，文憑有什麼用？」

「對！文憑有什麼用？只要我們用心實踐，最終能幹出一番成就。」

「只要我們肯學習，肯苦幹，最後一定會成功！」

接著他們開始唱歌。那天我很開心，他們說的跟我爸講的完全不一樣，我爸老是說木雕師傅沒出路。他們比我爸有知識，我確定他們是對的。

多年後找了一些一九七六年的資料。這一年新加坡大選，人民行動黨贏得所有的六十九席，得票率為百分之七十四。當時新加坡人口兩百二十九萬，有一半人已住進組屋；人均收入兩千七百五十八美元，失業率百分之四．五。看這些資料時，我一直想著那些哥哥姐姐，不知道他們後來有沒有到教育部申請補發文憑。

我在團裡兩年多就被抓，罪名是企圖顛覆政府。有兩條各寫著「打倒走狗政權！」和

「打倒美帝國主義！」的布條是我的傑作，我還覺得寫得不錯。可是，那是道具啊！

沒有人相信那是道具，大概也沒有人相信我懂得「政權」和「主義」。於是，他們問：

「是不是你們團長要的？」

我回：「導演要的。」

他們逼我：「導演不就是團長嗎？」

「觀音和大伯公都是神，但是，觀音不是大伯公。」

他們對看，刮了我一個耳光走掉。

我爸和我媽來看我，我不知道要跟他們說什麼，只能報平安。倒是我媽埋怨我爸：「我都說兵馬俑煞氣太重，不要接囉！」這讓我想起那兩個擺在劇團大門外的兵馬俑，出去後一定要移開。過後他們三不五時就來看我，因為我一直沒有認罪。我也不急著出去，出去也沒事做。

後來我調去和團長在一起，他很意外我還在，安慰我：「沒事！很快就可以出去。」

團長每天鍛鍊身體、看書，也對我做同樣的要求，找書給我看。過一陣子，他說既然你喜歡雕刻，不如學學法文，出去後如果想學可以到法國去，到時就不必再花時間學法文。接著幫我向法國文化協會求助，協會有個老師願意義務到牢裡來教我，監獄同意。我跟團長開玩笑，早就該讓我進來坐牢。

我申請跟其他囚犯一起做木工，有剩小木頭，便做觀音或關公送他們，他們於是向監獄要求一塊大木頭，讓我做關公，監獄沒同意。

兩年後我考獲高級法語文憑，為了去法國，團長勸我寫悔過書。我辦理留學手續時，最開心的是我爸和我媽，他們和我一樣，沒想到做木工也能出國讀書。

我申請的巴黎美術學院出了許多中國畫家，徐悲鴻、林風眠、潘玉良、劉海粟、吳冠中等等都是。我學雕塑，在那裡五年像闖進藝術樂園，過著我從沒想像過的生活方式，也逐漸明白什麼是藝術。生活當然清苦，大部分留學生都過著拮据的生活，特別是搞藝術的。

畢業後我留在巴黎，沒有什麼地方比巴黎更適合藝術家。我爸和我媽來看我，我爸一直半信半疑地搖頭，偶爾讚歎地點點頭，他最後跟我媽說：「難怪不回來啦！」只是，大家都知道巴黎不需要這麼多藝術家，弔詭的是，大家也知道只要離開巴黎便離開藝術，所以許多藝術家都打著與專業無關的短工，在等待與放棄中掙扎。我看到的是，大部分藝術家沒等到機會，但離不開巴黎，卻離開藝術，最後沉淪於巴黎的藝術氛圍中。

有一天巴黎又有工人示威，示威現場播著一首歌，雖然聽不懂，仍被音樂與氣勢感動。問示威的人，他們說是〈華沙工人進行曲〉，我聽著聽著，覺得自己的流浪或流亡應結束了。我得面對、處理出國前沒有清理的問題。

回去後，迎接我的仍是團長，他比我遲一年出來，現在是這座城市不可或缺的藝術家，在過渡期間，他希望我負責劇團的舞臺設計。我知道他的好意，不免比照我爸，他做木雕去刻石碑，我學雕塑去做舞臺設計。流浪或流亡前的問題還沒清理，另一種流浪或流亡開始。我不知道團長處理了自己的問題嗎？我最大的遺憾是，很多人的性格都於我不在時扭曲了。人與人之間多了一道看不見的鴻溝，大家都明哲保身，適可而止地交談，不談自己，不做評議，不表態。團長說：「大家不想莫名其妙地被帶走。」

接著我到一家美術學校去教基礎美術，仍與我學的無關。沮喪、鬱悶不在話下，我利用我爸的一些木材，雕了兩個抽象的人面對面立著，用火在兩抽象人之間燒出一道深邃的縫隙，取名《清理與鴻溝》。沒想到回來後第一個作品會是這樣的題材。

我一直想究竟該回來嗎？我沒離開——打著與專業無關的短工，等待機會的——巴黎，只是從一個豐沛的巴黎到瘠貧的巴黎；我甚至想，當初該不該到巴黎。

過去仍沒清理。

沒清理過去，不會有未來。

崩潰邊緣的「民國時代」

73

訪問魯迅子弟N是比較愉快的不愉快經驗。N最終走出牢獄，走出魯迅，只是流亡歸來仍無法處理離開瘠貧的土地前沒清理的問題，卻與其他藝術家一樣離開藝術。在小小的公寓閱讀自己論文附錄的訪談，慶幸留下這些文字，感慨萬千。遺憾的是，這些年來沒清理的問題依舊沒清理；最後想到自己，無限疚愧。那隻八哥依舊沒出現，公園裡的雞蛋花傳來淡淡幽香，極富異國情調。沒事，打電話到澳洲，終於有人接聽，hello! 一名相信是華裔老婦操純正沙啞的英語。以華語問，請問莊亞才先生在嗎？老婦問，who's that calling? 回她，a friend from Singapore。老婦頓了頓，oh, he passed away two years ago。一時無言，不知接下來如何處理，匆匆道謝掛電話。公園的雞蛋花掛滿樹，桃紅，黃，白。這是個怡人的早晨，卻發現路已到盡頭。八哥還是沒出現。

74

親愛的，第一次見到錢伯時，他直盯著你，關心地說：「小兄弟，你有病啊！」世修在一旁看著你，你不置可否。七十來歲的老人家已做決定：「現在太晚了。明天我開張單，你去抓藥。」

那晚躺在世修房裡的地板上，才記起一整天沒吃東西，肚子也不餓。你整晚睡不著，一直想著怎麼會有那畫面，以及今後如何與媽媽相處。第二天沒精神，索性不去上課；世修陪你，小心地問：「有什麼事嗎？」

你苦笑，輕搖頭。「以後再告訴你。」又覺得這樣對世修不公平，再簡單地：「家裡的事，我快瘋了。」

你們去抓藥，川連、阿膠、生地、棗仁、石決明、紫丹參、夜交藤、合歡皮、白芍與雞子黃。一下子知道一堆中藥名字，最後記得的是雞子黃，就是蛋黃。這帖藥工序多，阿膠不能與其他藥一起煮，得先弄碎放在碗裡，待其他藥煮好後，倒進碗裡，讓阿膠溶化，再下蛋黃。

錢伯說：「這藥滋腎水，降心火，瀉南補北，中山先生精神不好時也喝。」後來才知道，孫中山是西醫，不喝中藥。

晚上阿祥也來，大家像看表演般看著你喝中藥。錢伯說你今晚一定好睡，晚上果然睡得好。其實與前一天睡不好有關，過後再喝便沒立即見效，世修偷偷帶你去看西醫。西藥藥性比較明顯，但不能讓錢伯知道，所以繼續喝中藥。

你沒想到你的世界末日也是你的「民國時代」。大家都知道世修家跟國民黨有一點關係，像他們知道你家跟左派有一點關係，只是同學們對人家的家事興趣缺缺。認真說，單看名字就知道世修出身世家，只是當下大家想到的是《哆啦A夢》裡的野比世修，都爭當大雄——世修的高祖父。世修說，他的名字出自《楚辭．離騷》，「謇吾法夫前修兮，非世俗之所服。」大家暈倒，高祖父也當不成。

第一次聽到世修說錢伯是他爺爺的聽差，你和阿祥都笑了出來，這還是整個月來你第一次發笑。既能有「世修」，出現「聽差」也就不奇怪。

世修沒有再說錢伯，反而問你們有沒有聽過「中和堂」。你和阿祥以為錢伯要你們到這家中藥店抓藥，可是話題不接啊！正奇怪，世修再問，那有沒有聽過「反清四大寇」？你們繼續搖頭。世修也只簡單地說，中和堂是「反清四大寇」之一的尤列——世修強調，尤字肩上沒一點——在新加坡創辦的，錢伯是其成員。就這樣講完錢伯的故事，所以你們一直以為錢伯是這家中藥店的店員。

多年後才知道，這是一頁中國近代史。一八八八年，那時還是清朝——光緒十四年，二十二歲的孫中山與同齡的尤列、二十歲的楊鶴齡和十九歲的陳少白，常聚首楊家經營的「楊耀記」商號熱議反清與革命，工人都叫他們「四大寇」。三十三年後（一九二一），孫中山建立廣州軍政府，邀其他「三寇」在廣州觀音山文瀾閣相見，把文瀾閣改為「四寇樓」，「四大寇」便廣為人知。

這是革命成功後僅有的相聚。早在一九〇〇年，惠州革命失敗，尤列逃來新加坡，發起中和堂。中和堂取《中庸》的「致中和，天地位焉，萬物育焉。」這些人無論弄個什麼名字，都要引經據典。

尤列在新加坡積極宣揚革命，創辦《圖南日報》，錢伯便在這個時候加入中和堂。「圖南」也有出處，《莊子．逍遙遊》曰：「故（鵬）九萬里則風斯在下矣，而後乃今培風；背負青天而莫之夭閼者，而後乃今將圖南。」

尤列懂醫術，在畢麒麟街上段（Upper Pickering Street）開醫館，所以錢伯也略知醫術。武昌起義後尤列回中國，加入袁世凱的政府，雖然後來離開，但與孫中山越走越遠，最後離開。遠在新加坡的中和堂也逐漸走入歷史。錢伯失落一陣，這時候，世修的爺爺出場了。

你們聽過「藍衣社」嗎？世修問。你與阿祥除了聽故事，就負責搖頭。我爺爺是藍衣社成員，他因為躲避追殺，戰後來到新加坡，並匯集零散的革命黨人，年輕的錢伯便投靠我爺爺。

世修還是說得簡單。藍衣社是蔣介石特務組織之一，也是中國近代史的一頁。南京中華民國政府成立後，蔣介石於一九三一年底被迫下野，為鞏固其地位，第二年成立「三民主義力行社」，簡稱力行社，名字當然有出處——蔣介石推崇的「力行哲學」，推演自王陽明的「知行合一」和孫中山的「知難行易」。力行社有一周邊組織「中華民族復興社」，簡稱復興社，成員以黃埔軍校精英為核心，模仿義大利黑衫軍和納粹德國褐衫軍，都穿藍衣黃褲，故得名藍衣社。蘆溝橋事變後，力行社勢力坐大，令蔣介石不安，加上日本的壓力，於一九三八年解散，成員四散。

戰後我爺爺逃到南洋，仇人仍找上門來。世修說，我爺爺遣散家人，由錢伯帶著我奶奶、我爸爸還有他的弟妹到拜把兄弟處避風頭，錢伯過後回去，與我爺爺和一些南來國民黨人守在家裡。

仇人終於來了，才出現在巷子口，就讓我爺爺的人引到家裡，那人竟大膽地登堂入室，也算是一條漢子，見到我爺爺開口就說：「我是來復仇的。」我爺爺聽了不但沒有動手，還意外生氣地把對方罵了一頓：「今夕何夕？共匪劫國，同胞受難，你千山萬水到來，就為個人私怨？」

對方冷冷地：「共匪劫國不關我的事。」

我爺爺提醒：「我是為國家、民族清除敗類。」

誰知對方說：「誰是敗類還有待歷史釐清。」

我爺爺知道多說無謂，直接問：「你帶了多少人，什麼武器？如果還是戰前那一套，就回去吧！」

「我沒準備回去。」

我爺爺反勸：「不要浪費生命，我們也不小了，去殺幾個共匪再犧牲吧！」

「你真的不動手？」

我爺爺坦言：「你來了三天，對吧？還在酒店被扒手偷了錢。我會吩咐扒手把錢還給你，你帶來的三個人，在你轉過身後，就安全了。」

對方意外。

我爺爺繼續：「上面的是非，我們不做論斷；為人家辦事，但求心安。」

對方大概還在意外決鬥現場的氛圍，我爺爺看在眼裡。「我身上沒有槍。」再解釋：「如果你先拔槍，我肯定來不及；如果我先拔槍，你可能比我準。所以，還是讓別人動手，應該有一把比你快而準。」對方觀察環境，我爺爺勸：「快走吧！英國人也快到了。這裡是英國軍事基地，規模比上海強多了。」

對方猶疑。

我爺爺最後說：「你一個人來，也算一條漢子。如果你願意留下來，我們可以好好策畫如何『殺朱拔毛』。」

對方轉頭便走。

我爺爺在後面叮嚀：「兆銘先生還有些人在這裡，去找他們吧！」

世修說，這些都是錢伯告訴他的，非常電視劇不發一槍就把敵人勸退的勝利。世修覺得太戲劇性，問題是錢伯幹嘛編這樣的電視劇騙他？世修問過他爸爸，他爸爸不作可否。

世修講完，我和阿祥對看，阿祥鼓掌，用福建話說：「世修講古（se siu kong koo）。」

75

□月□日。他在準備小六會考的時候，有人來找媽媽，媽媽沒讓那人進來，兩人在門外談了一會，媽媽進來繼續改作業。

那個星期天，他們像往常到小販中心吃早餐，媽媽突然告訴他和弟弟：「爸爸死了！在外地。」語氣平靜而有些生硬。

他和弟弟自然地哭起來。雖然他對爸爸沒印象，弟弟也沒有見過爸爸。

媽媽仍平靜。「你們吃，我去買菜，回頭再來找你們。」

那晚他躺在床上偷看媽媽，媽媽一直坐在窗前。

76

誰是莊亞才？電視開著，不知道播映什麼節目。不開電視，屋子便顯寂寥，連八哥的吵叫聲都沒。應該買一隻假八哥放在牆外，錄一段八哥的叫聲，需要時會有一些聲音，也可以嚇走真八哥。莊亞才為什麼會在澳洲？或者應該告訴明兄。明兄應該也不認識莊亞才，否則不會提供一個死人的電話號碼；如果還有其他人可以聯繫，以明兄的辦事態度，應該會再打電話來。明兄沒再打電話來，一個死人的電話號碼能幹什麼？那隻八哥去了哪裡？

77

親愛的，「民國時代」讓你在崩潰邊緣轉了一圈回來，也與世修、阿祥感情更好，差點換帖（uann thiap）結拜。

你盤算著另一件更重要的事。既然無法甩開那畫面，就必須面對；如果真喜歡卡若琳，就應該與她分手。

你們約在學校食堂碰面，雖然大家仍在電話裡聯絡，好一陣子沒見面，她依然瀟灑，瞇笑著看你。你在明亮的眼睛裡又看見一層迷霧，心裡一陣糾結。

你們從最近比較忙沒約她聊起，相互傾訴一輪後，你擔心再下去會開不了口，深吸一口氣，害怕迷失在濛霧裡，低頭說：「我們分手吧！這陣子我想過了，我不適合你。」

卡若琳先是意外，以為你又在耍什麼把戲，見你低頭，似認真，第一時間莫名、猜疑地問：「你忙就是在想我們適不適合在一起？」

你搖頭，沒有解釋。

她由著急轉悲傷，急問：「為什麼？」

你沒給答案，心想該如何解釋那個在你們親熱時閃過腦中，影響你情緒的畫面？你只能繼續搖頭。

霧已冷凝，她的眼淚開始掉下來，問：「為什麼不開口？」

你很想拭去她的淚。「不知道要說什麼。」

「怎麼會沒有話說呢？」

有！但都在心裡說。你只能一直機械似的搖頭。

「抬起頭來。」

你抬頭，與她對視。她淚水滿面，你心痛得快飆淚，抬頭望天。

「告訴我，為什麼？」

你無法解釋，繼續搖頭。

「說啊！為什麼我們不能在一起？」她看似重複地問，但也只有這問題。

你不敢看她傷心的模樣，又低下頭。

她似乎有些放棄，轉問：「那三年來，你究竟有沒有一點點喜歡我？」

你低聲說：「這你不必質疑。」

「那為什麼要分手？」她不能控制自己地提高聲調。

你仍舊搖頭，沒有解釋。你知道對不起她，特別是下個月就考試，但是你怕錯過自己還有勇氣開口的衝動。

她質疑：「認識別的女孩子？」

你想不管怎樣，最終還是需要給她一個接近真相的答案，抬頭告訴她：「家裡的事。」

「什麼事？」

你又沒答，低下頭。

「無法挽救？」

你沒反應。

大家僵坐著，你聽見她的啜泣聲。她的情緒在時間流逝中漸緩，最後你聽到她深吸一口氣，拭去臉上的淚水，然後，然後自你眼角立起，慢慢慢慢地離——去——。你在她走了好幾步之後才抬起頭，你知道這個時候叫住她仍能挽回一切，但是那畫面……你在她遠去後雙拳重捶桌子，桌面的杯子被震翻；隨即你感到頭疼欲裂，一股胃氣從肚子裡升起。

你始終沒有叫住她。

你跑到水溝邊嘔吐，都是苦水，然後跌坐在水溝邊的草地上。這是你選擇的。你沒想到，四年的大學生活，最後以與卡若琳分手結束，你但願一開始就不念大學。

你發現自己哭了。你慢慢地起身，準備走回錢伯家，不知道要走多久，但一定會到。你想起席慕蓉的詩〈如果〉：

> 人生可以安排得極為寂寞／如果愛情願意／我可以永不再出現／如果你願意
> 除了對你的思念／親愛的朋友　我一無長物／然而　如果你願意／我將立即使思念枯萎　斷落
> ……
> 今生今世　永不再將你想起
> 除了　除了在有些個／因落淚而濕潤的夜裡　如果／如果你願意

78

□月□日。小六會考完後，媽媽突然宣布，我們要搬家了。他和弟弟都沒問為什麼，媽媽做事都有她的目的，他和弟弟在一系列得不到答案的提問後，已習慣不問。

倒是媽媽說，要搬到宏茂橋去，你們長大了，需要一個房間。照樣是小舅來幫他們搬家，東西比以前搬家多很多。新家大多了，媽媽一個房，他和弟弟一個房，外公和外婆送來所有的家電。

外公在芽籠七巷的店搬到加冷峇魯一帶的組屋去，外公也退休了，由三個兒子接管。很久以後他才知道，那家家居用品店，媽媽也有一份。

魯迅子弟S：未完成的訪問

（僅供魯迅子弟自述）

弟弟的墨爾本預感

79

再打莊亞才的電話，希望從接電話的人那裡知道一些莊亞才的事。這是最笨的方法，也是唯一的方法。接電話的是同一個老婦。禮貌地詢問對方的身分，她說是莊亞才的太太。看到一絲希望。自我介紹並把所知道關於爸爸的過去告訴她，再告訴她莊家的電話是從一老先生處得來，希望可以了解爸爸的過去，或知道他在哪裡。老婦嘆息，丈夫參與馬共是很久以前的事，他們移民澳洲後，極少提及。她沒聽過爸爸的名字，但可以簡單地說一些丈夫的過去，不過無法在電話裡一次講完。告訴她，我可以到澳洲找她，如果她方便。可以啊！我在墨爾本。一聽到墨爾本就放心，回說沒問題，抄了地址，告訴她會在最短的時間內啟程，出發前會先通知她。墨爾本。弟弟在那裡。咦！Hogg's family 也剛到過。

80

親愛的，你想問，人的一生究竟是多長的歲月？五分鐘？一分鐘？或者一秒？當你咀嚼著席慕蓉的「今生今世／永不再將你想起」。

「今生今世」對你只是一秒或更少，剛想著「永不再將你想起」，隨即便想起卡若琳。屏蔽那個媽媽用筷子夾著爸爸小鳥的畫面的干擾，代價是與卡若琳分手，甚至以後不再交女朋友。你想不到更好的辦法，即使不是卡若琳，換成別人，你還是會提出分手，這或是你一輩子的代價。有些人註定要用一生背負原罪。生命沒有選擇，包括爸爸、媽媽的。你準備「永不再將你想起」，如果卡若琳能諒解。你想著這些時都深吸一口氣，再以嘆息的方式吐氣，有時甚至眼眶泛紅，因為——痛！自己是劊子手，更痛。你懷疑終極的痛楚是麻痺，你開始有些麻木，行屍走肉。雖然如此，你更在意的是，傷害了另一個人——自己心愛的人。你不知道卡若琳如何了，但選擇長痛不如短痛。

你沒去上課，世修、阿祥猜到你又有事故，大家沒說什麼，輪流一個陪你，一個去上課，回來將課上的資料再說給其他兩人聽，自己當作溫習。往後的人生，你再也碰不上這樣的友誼，只是人到中年，萬事皆淡，包括對人生，友情，愛恨，得失。儘管如此，你還是希望保住跟這兩個同學的友誼，雖然肯定不如年輕時。

錢伯也看在眼裡，有一次乘世修、阿祥不在，邀你喝茶，你謝謝他的美意，他找到對話的機會：「年輕人！世上沒有渡不過的劫。中山先生十次起義，革命凡四十年，臨終還特別交代，革命尚未成功，凡我同志務須繼續努力。人活著，就是要有這種氣魄和胸襟啊！」說著看看你。

你假意看電視，忍著不讓自己笑出來，向電視輕輕點頭。那時你還不知道錢伯引用孫中山的《總理遺囑》，不過已經覺得很好笑。你從沒想過要起義，也沒想過要革命，更沒想過要當總理——有啦！大二時大家鬧在一起，你說「做人當為孫中山，莫做七十二烈士」，那是在開玩笑，你從沒那麼偉大。

錢伯繼續：「活著就會有痛苦。給自己五天，一個星期，或者十天，當放假，好好痛苦。假期過後，告別痛苦，收拾心情，繼續認真地幹。還是個娃，要活到我這把年紀，還有多少痛苦等著啊！」說完徑直走到門外抽菸。

81

□月□日。小六會考成績公布，他的成績只在中上，沒能進華僑中學，去了第二選擇。有些失望，他再告訴自己沒關係，以後要進華中初級學院。

媽媽沒不開心。

82

訂機票，打電話給弟弟，說要去他那裡，沒講什麼事，再給莊太太打電話，接著出現於新金山——墨爾本的機場。跟去勿洞方式一樣，覺得受明兄影響，也樂於受影響。大伯初訪，弟弟一家高高興興地接大伯回家。晚餐後，至少三年沒見面的兄弟坐在院子裡喝酒聊天，弟弟說，難得你肯來啊！大伯。沒立刻回他，看著酒杯，還是不會品嘗葡萄酒。再說，來找人。弟弟點點頭，不意外也沒問，像知道哥哥不會沒事上門。這倒有點意外，從皮夾裡拿出一張小紙條給弟弟。弟弟看了先一愣，再輕笑。你認識？不熟。跟她約了明天早上十點，你有空嗎？弟弟委屈地，從小到大，我隨時都在等待你分配任務。大笑，將自己的酒杯輕碰了弟弟的酒杯，碰回那些歲月。

83

親愛的，你不想拖累世修與阿祥，週末都早早就離開錢伯家，說回家，其實跑到機場，這個二十四小時不打烊的門戶是上佳收容所，什麼心情、目的投入其中，都能賓至如歸。舒適的環境，適度的照明，不間斷的冷氣，豐儉由人的餐飲，將機場購物中心化，或二合一，絕對比家裡、宿舍或錢伯家方便，真能「足不出戶」地待上一天，有人還成了這裡的長期住戶。

來這裡也沒幹嘛，就是無所事事地發呆，走走看看；或有些像電視劇，神經質地尋找卡若琳的身影，深夜才回家。第二天一早沒吃早餐就告訴媽媽：「回學校了。」又到機場去，待到傍晚才到錢伯家。

有幾次深夜回家，弟弟不在——他當兵了，媽媽為了省電，整間屋子沒開燈，只亮著餐桌頂上的黃燈泡，駝著背改作業。這種攝影比賽得獎作品畫面出現在自己家叫你懊惱。你迅速地亮了燈，走近媽媽，看她改作業，算是打招呼。她會抬起頭：「這麼遲才回來，快點去沖涼。」

有一次你忍不住問：「幹嘛這麼遲還在改作業，明天改啦！」誰知她回：「等你啊！反正沒事做。」你立刻被擊敗，輕拍她的背。沖涼時在水聲裡大叫：「啊——」然後抬起頭，在花灑的水沖進嘴裡時喊：「夠了，你鬧夠了！」激自己哭出來。

84

□月□日。中學和小學很不一樣，一樣的是，他的功課依舊不好，只能更努力，更常問媽媽。媽媽對他好像比小學時好，也比弟弟好。他想，是不是我長大了？

他相信他長大了，中二那年就比媽媽高。媽媽笑說：「高了還要有腦袋啊！」不懂為什麼，他覺得媽媽是開心的。看著她，他突然覺得，輪到我保護她了。

85

被載到一座小而溫馨的單層花園屋子。雖言夏天，墨爾本清晨像秋天，陽光燦爛，暖人，讓人覺得生活是幸福的。弟弟下車，莊太太已在門口等候，院子灑著一地夏天的熙光，弟弟與莊太太擁抱，親臉頰，像完成任務般，Helen，就是他想找你。莊太太開心，太好了，你們竟然認識，世界太小了。弟弟笑，他是我哥哥！你想想，我們是不是同姓。莊太太愣了一下，噢！怎麼會這麼巧。覺得不妥，問弟弟，那還需要我來講Gary的事嗎？兄弟互視，弟弟聳聳肩，對莊太太說，我們有一些時間沒見面，想找個免費的花園喝酒聊天。莊太太又發現不妥，對啊！我怎能這樣說話。歡迎！歡迎！酒已備好。不習慣一早喝酒，但在和樂熙怡的花園裡，在晨光的祝福下，是應該碰杯歡聚。這樣的生活難怪弟弟不想回去。

86

親愛的，考試了，你準備考天才。是的，媽媽在等你，錢伯說的假期已過去，還有兩個同學的相伴。但已來不及，這是你的命。你希望能戰勝命運。

還有，卡若琳。她準備好了嗎？

87

□月□日。他開始知道從前有些人給政府抓去，有些人逃走。

這一年他念中三，立志要考進華初，除了老師的課業，也上圖書館看書。課外讀物也很重要，老師們常說。

有一次上圖書館太遲回家，在學校外被三個年紀相仿的少年圍住，以福建話問：「跮踱佗落？（cid tur toh loh?）」他想三人來勢洶洶，不可能問他在哪裡「玩」——跮踱，而且問法怪怪的，沒有人這樣講話。他鎮定地告訴他們，剛離開學校。其中一人推了他一下，他往後退一步，踩到凸出地面的樹根，失去重心，跌倒在地。一個傢伙提腳要踢他，被另一人抓住；「煞啦！（suah lah! 算了！）」三人不屑地喊他「讀冊囝（thak tsheh kiann，讀書仔）」嘲笑一番離去。長大後他才知道「踁踱佗落」是黑話，問人家「混哪裡的」。這個不愉快的經歷讓他記憶深刻，特別是「踁踱佗落」。

被人圍困沒嚇倒他，他依舊到圖書館，而且從最沒人看——應該也是最難看懂——的書看起。真的看不太懂，很多是沒念過的科目，所以只看有故事的，就看到他們書上沒念的歷史。

看著這些逃走的人，自然聯想到爸爸。三歲那個黎明的天光慢慢地明晰，他一直想把握那天光，端詳當時的環境，但沒一會畫面又回灰濛，定格。他抱頭苦憶，卻像失憶。回到日光燈下的書本，認識一個詞：

左派。

88

BMW跑車沿著澳洲第二大城市海邊公路飛駛，是飛駛。墨爾本夏天仍須外套，黃昏涼意更透。開篷跑車直奔無垠的公路，架著墨鏡透過望後鏡看自己頭髮亂揚，覺得自己最貧乏的是好好穿戴。只是在新加坡去哪裡找錢弄一部BMW開篷跑車，再以每小時一五〇公里的速度飛跑；戴墨鏡還可以，穿這種秋冬外套，不窒息就是精神有問題。外套是弟弟的。轉過臉看他，輪廓仍有小時候的模樣。他一直專心開車，大家誰也沒開口。滿占視線的藍天與綠海讓人自覺渺小地陷入大自然裡，重複的景色能催眠，還讓人陷入胡思的沼澤；比如弟弟為什麼選擇來澳洲，怎麼認識莊亞才？弟弟開口，厲害吧？一猜就猜到你來幹嘛。誠懇地讚美，獸醫跟動物相處久了，有人類沒有的靈性。你直罵好了，還兜這麼大的圈，太酸了，中文系教授。原本的好意被誤解，不想解釋，樂得狂笑，不比你現在兜的圈子大。好吧！那就兜回去。弟弟U轉，跟小時候一樣任性。順口問，這裡哪裡啊？大洋路！一直沿著走可以到悉尼。弟弟再接回一開始的話，亂猜的，不過好像有預感。沒接口。弟弟也不再說。過十多分鐘，忍不住問，你來墨爾本也有預感？弟弟側過頭問，你說呢？聳聳肩，很多有問題或不喜歡自己居住地的新加坡和馬來西亞人都選擇來澳洲。弟弟輕笑，沒開口。

89

親愛的，考畢，四年大學將只是你日後閒聊的話題。一切成為過往，「除了對你的思念／親愛的朋友／我一無長物」。

告別錢伯，那時只當寄宿，簡單地跟他說謝謝，沒意識到一個時代寄託在他身上，這也是你的「民國時代」的結束。再聽到錢伯的消息是世修告訴你，錢伯走了。那時你在劍橋，孤寂的夏天，似乎聽到錢伯低沉的嗓音：「活著就會有痛苦。給自己五天，一個星期，或者十天，當放假，好好痛苦。假期過後，告別痛苦，收拾心情，繼續認真地幹。」

阿祥考前就到報館應徵記者，考完順理成章去上班；世修準備去臺灣念研究所。你毫無準備，又不想與同學走同一條路，當了臨時老師。

考試成績公布，你是三人中成績最好的，又惹人怨。他們建議你繼續念碩士，反正你不必念就能考到好成績。你想想也沒有其他出路。

學校分配 David Hogg 當你的論文老師時，你這才曉得系上有個洋老師，中文名霍大衛，你一直以為這是個華人的名字，可見學校於你之「副業」。洋老師道明自己是左翼，你家因意識形態家破人亡，加上這些年「市面上」與左翼有接觸的都沒好結果，不希望再接觸左翼，卻有個左翼老師，你唯有「公事公辦」，不談功課外的事。防人之心不可無，問題不在老師，是「市面上」。

老師研究中國現代文學，也擴展至東南亞，在聽你講述「學術」歷程後，建議新加坡人還是應該把研究鎖定東南亞。這裡的華文現代文學深受中國影響，特別是左翼文學，老師提議以文革期間為研究範圍，前起戰後新加坡左翼文學的興盛，後及文革激情退潮後，一九八〇年代新加坡華文文學的走向。又是左翼，有問題嗎？你沒問老師，倒是覺得這大概是你的命。

老師給你兩個方向參考，文獻與訪問。文獻包括舊報紙、雜誌、書籍等，訪問集中在當年的左翼。許多人都不肯接受訪問，肯接受的，單方面的「故事」可信度是個問題。老師勉勵，馬共的故事最終需要馬共成員書寫，現階段只能靠個別人努力，留下一些事蹟。

你原本以為一時沒出路，修個學位，沒想到與過去四年完全不一樣，像才剛開始要念大學。

90

□月□日。四年的大學，他們家或者外公家有極大的變化。

先是外公和外婆前後走了，雖有無限不捨，仍鬆一口氣，覺得他們從此與這個家族不再有任何關係，除了小舅。

接著是分家。大舅與二舅都不看好這家舊式家居日用品店，要關掉，兩人另有打算。小舅無一技之長，關店等於失業，拿了錢不可能吃太久。媽媽要小舅把店頂過來，姐弟合資；不夠錢，只好以分期付款的方式還大舅與二舅錢，利息比銀行高一點。這是後來小舅說的。

商店在加冷峇魯，他們住宏茂橋。為了幫小舅，全家以店為中心，下課都到那裡，幫忙看店，做功課，媽媽弄了晚餐，他們吃了才回家。小舅一樣，睡店裡。

他跟小舅越來越沒話說，弟弟好像也慢慢少跟小舅講話。有時候店裡沒人，看著小舅一個人在看電視，覺得小舅有些落寞，落魄。他們跟小舅的共同話題都是小時候，他們聽怕了。倒是有一次弟弟問小舅：「我像爸爸還是媽媽？」

「像爸爸！」

「我呢？」他問。

小舅認真地看著他：「你媽媽說，小時候像爸爸，長大後像我。你說呢？」

「像自己。」他媽媽代答。

他覺得有必要好好看一看弟弟。

91

弟弟來澳洲後就認識莊亞才。弟弟是獸醫，莊亞才經常帶狗來給弟弟檢查。一個新加坡人，一個馬來西亞人，很快就混熟。談到爸爸的事，是莊亞才生前最後一、兩年。莊亞才問弟弟，有沒有想過回新加坡？弟弟告訴他家人都在澳洲，反問莊亞才會回馬來西亞嗎？莊亞才考慮很久才說，我都這麼老了，不怕跟你講，我是有問題的人。你明白我的意思嗎？弟弟點頭。我沒有選擇，逃亡來的。莊亞才再小聲問，你聽過馬共嗎？弟弟再點頭。我就是。然後定定地直視著弟弟。弟弟好一陣子才告訴莊亞才，聽說我爸爸也是。莊亞才意外，問了爸爸的名字，弟弟講了，莊亞才想了一會，搖頭。面對一灣湖水或海水，欣賞著對岸的高樓。弟弟轉過身說，我們都知道對方的身分，卻不再提起。問弟弟，這裡哪裡啊？Port Phillip Bay，菲力浦港灣。你真的沒做功課就來，教授。

92

親愛的，你第一次見到Fish，她已是個體態姣好的少女，以為有十八、九歲，後來才知道只有十五歲，整整比你小十一歲。

Fish知道父親多一個學生，要你與她一起踩腳車，老師不允。Fish精力過剩，那時老師有個女博士生當助理，Fish幾乎把女博士生當自己的助理，老是要與她去shopping，但都被師母拒絕。女博士生有一回告訴你，師母只希望她偶爾扮演姐姐的角色，讓Fish的感情有寄託，其他的不必應酬。

你有時會覺得Fish可憐，出入她家有這麼多哥哥和姐姐，卻都不能陪她，偶爾會答應與她一起踩腳車到附近的商場，逛一圈後便滿足地回家。Fish心智上還是個孩子，只是身體發育得太快。

那時根本沒想到，這個願意跟著你的少女，你到了倫敦會成了她的累贅，更不會想到還會遇上三十二歲的她。

93

□月□日。他聰明的弟弟也上中學，也沒考進華僑中學，弟弟選讀R.I.——萊佛士書院。媽媽有些失望。

媽媽更失望的是，弟弟越來越不聽話。有一次弟弟在店裡翻找東西，不小心打破一疊盤，小舅心疼，念：「你的手腳可以輕一點嗎？這樣子以後怎麼出去工作？」

弟弟知道自己不好，大概給小舅念煩了，在小舅繼續講之前，突然大聲喊：「好了啦！不要再念了！你又不是我爸爸！」

他相信弟弟也吃一驚，在場的人都傻了。媽媽正在擺筷子，準備開飯，急走向弟弟，摑了弟弟一巴掌。弟弟還來不及反應，媽媽的眼淚已掉下來。她拭去淚水，拿起手提袋和學生作業簿，淡淡地說：「你們吃吧！」然後走掉。這樣的畫面他記憶深刻，上一回媽媽摑巴掌流淚是針對他。

小舅剛從媽媽打弟弟的驚愕中醒來，看見媽媽要走，立刻試圖擋住她：「哎呀！是我衰啦！跟他沒關係。你不要走，要走也吃了才走。」

小舅當然沒有留住媽媽。弟弟在媽媽走後，也跟著要走，小舅又傻了，問：「啊！你也要走啊？弟弟，煮好了！先吃啊！」

弟弟當然也走了。

「哎呀！」小舅氣起來，氣自己無法擺平這一切，喊起來：「我也不吃了！你吃吧！」氣呼呼地走出店，他沒地方去，徘徊了一陣，蹲在店前水溝，大大力地吐了口水，接著想到去處，走掉。

小舅再回來手裡多了一根菸，小舅很少或幾乎不抽菸了。他坐在櫃檯前，看著一旁的小電視。小舅也坐下來，菸就擺在他面前。他看著香菸，想了想，也拿出一根，似模似樣地抽。

小舅看著他，沒說什麼，習慣地又走到店前，蹲在水溝旁，喃喃地以福建話講：「哎！無用啦！（aih! bo iong la! 哎！沒用啦！）」

他忘了那一晚有沒有吃飯，只知道香菸的味道不好受，不明白小舅為什麼要抽菸。

94

莊亞才再找弟弟是一、兩個月後的事，他要弟弟去他家。弟弟說，Gary見到我，緊握我的手說，想起了，我想起你爸爸了。昨晚想起來後就一直睡不著，希望趕快見到你。原來爸爸與莊亞才同一支隊。Gary一直說，能見到好友的孩子，真是太好了，也太意外了。老天啊！可見我們當初的決定是正確的，上帝才安排我們相見。莊亞才告訴弟弟，有一次與爸爸還有另一人一起負責打山豬，那人跟爸爸上隊前就認識，不小心叫了爸爸名字——就是弟弟說的，莊亞才當時沒特別記住，六十多年後再提起，他幾乎已經忘了。莊亞才說，他在隊上也有三個名字：阿標、小田、秀明；Gary是來澳洲才取的。弟弟嘆了一口氣，我一直記得那一幕，Gary握著我的手，說著說著流下淚來。Helen在一旁不停地拍著他的背，cool down, Gary, cool down。老先生太激動，不斷重複著，那是生死別離啊！生死別離啊！其他的都沒談。看著對岸的建築，有說不出的熟悉感，問，我們來這裡幹嘛？弟弟回，你不覺得很像新加坡的Marina Bay——濱海灣嗎？

95

親愛的，你常常是一早到圖書館，在故紙堆裡「埋頭苦幹」，圖書館打烊才離開，一天下來眼花繚亂；還好有老師的女助理，時不時可以聊天當休息。

年輕人在一起容易混熟，除了聊天，吃飯、喝茶都會打個招呼，然後一起用餐、喝茶。直到女助理也主動找你聊天，你才警覺是不是應該避免誤會。你一直被那畫面干擾，不想再製造悲劇。你不再找她，也間接地婉拒與她吃飯、喝茶。這之後她沒再找你，你也避開她。你知道自己想太多，但是你更不願意再製造悲劇。

96

□月□日。他終於擠進華初，分數剛剛好。

他沒中學時勤勞，高中比中學容易念。媽媽常提醒他，別驕傲，你天資一般，靠的是努力。

十七歲，沒有人在乎這些負面語話。他發現自己有多方面的天分，嗜好廣泛，這是過去忽略的。比如，可以寫不錯文章，是個很好的話劇導演，還能以邏輯、分析、綜合進行辯論。最後，他發現得睡在學校裡才能過充實而滿足的日子。

媽媽也不再管他。

三個叛黨逃亡的年輕馬共

一九七〇年左右，馬共內部發生嚴重分歧，導致後來分裂為三派，即中央派、馬列派和革命派。這期間，馬共為清理黨內的奸細和特務，展開恐怖的肅反行動，整百人遭處決。

我和你爸爸的部隊也是肅反的對象。之前，我們已聽太多被調查的同志如何被折磨、逼瘋，甚至自殺。我們極其反感，但也只是心照不宣。偏偏這時候隊上有人吃壞了肚子，原本在森林裡，食物中毒是常有的事，而且那人是不是真的吃壞了肚子，病到什麼程度都不知道。可是，有心人懷疑是遭人下毒不遂，立刻引來騷動，所有的炊事員第一時間被隔離，附近的民運人員也被找來開會，不讓他們有機會逃跑，這一來杯弓蛇影，人心惶惶。

第二天輪到我、你爸爸和另一同志阿山站崗，三人士氣低落，阿山的愛人在炊事班，更是憂心忡忡。他最終忍不住說：「絕對不是她，她不會做那種可恥的事。」

你爸爸了解：「我覺得整個炊事班都不會做對不起黨的事。」

阿山推測：「應該是有人趁她們不留意下毒。」

我大膽地提出：「我懷疑整起事件是個計謀，吃壞了肚子也是假的，只是找個藉口肅反。」

你爸爸和阿山先意外，然後都覺得有理。阿山懷恨，更多的是沮喪。他慎重地對我們說：「這是我最後一次跟你們在一起，明天可能就不在了。」

你爸爸欲語還休，間接地表達：「現在隊上每個人隨時都可能離開……」

我大概太害怕，還沒聽完就莫名其妙地把心裡的話說出來：「反正一定會離開，不如現在就離開。」說完自己都吃驚，非常懊悔。

你爸爸和阿山意外、吃驚，停下腳步。我看出他們在吃驚之外，都在考慮我的提議，甚至在我開口前，他們已有這種想法，只是沒說。我壯大膽，一不做二不休，抖著聲：「我們不能等著冤死，現在就離開吧!?」

你爸爸和阿山互看一眼，沒回口，也都在發抖。當我們這麼說的時候，已沒有回頭路，我們不是不信任彼此，而是萬一回去後，無論誰無意間洩露我們有這種想法，都是死路一條。

阿山終於開口：「現在該怎麼辦？」

我豁出去：「我們換崗大概半小時，還有很多時間。哨崗後山有條河，過了河越過地雷區就安全了。等他們發現時，我們應該到山腳了。現在山腳下的民運都上來了，我們應該很安全。」

你爸爸和阿山沒開口，我們也沒誰主動或指示，默默地往河邊走。過河時發生小意外，阿山不小心滑倒，扭到腳踝。接下來是與外界接觸的小徑，這是恐怖的地雷區，專用來對付外人與想出去的人。部隊在小徑連接森林的地裡埋了地雷，負責森林周邊的民運也在小徑另一邊埋地雷，沒有人知道埋了多少。所以，外面的人進不來，裡面的人逃不出去。

我們不想冒險，決定轉入森林，越過山嶺，往另一邊逃亡。我們就這樣離開部隊，人人神色不定，忐忑不安，甚至有些躁動。大家茫然失措，不知道下一步該如何；糟糕的是，已過了換崗時間，再沒回頭路。擅自離開等於叛變，我們一直忠於黨，從沒想過會叛變，現在被迫走上這條路卻有口難言，極為難受。

我們順利到山腳，而且沒被發現。大家決定就此分手，將方向寫在小石子上，抽籤決定彼此的去向。結果我往南，阿山往東，你爸爸往西。那是生死離別，我們又不能做什麼，部隊的鋤奸隊隨時會出現。我們沒告別，希望能再相聚；大家握著小石頭，往自己的方向去。

我不知道往南能去哪裡，最重要的是先離開這裡。我假扮被政府軍突擊的游擊隊，找當地村民。村民一般同情游擊隊，先給我吃的，我再要求換衣服。村民看中我的槍，他們可以用來打獵，我沒答應，賣槍給他等於間接告訴他我是逃出來的，而且馬共知道他有我們的槍，對他不利。這個村民也有準備，替我想好藉口，說我逃亡時丟了槍。這藉口漏洞百出，看樣子他極想要這把槍。我想這時候帶著槍也不方便，便賣了。當然，我也準備了，如果他只是在試探我，為了活命，我只好開槍殺他。

有了錢之後，我決定回家。馬共那些人大概沒想到，我會扮跑單幫的小生意人大剌剌地坐火車回去。我先在邊境弄一本假護照，再打電話給在吉隆坡的Helen，就是我太太，告訴她我要回去了，半天後到，最好買第二天一早的機票，去哪裡都行，並告訴她我的假名字，我到吉隆坡再跟她聯繫。

到吉隆坡後，我直接到機場。即使隊上聯絡上吉隆坡的馬共，大概不會想到我會出現在機場。我再從機場打電話給Helen，兩人在機場會合。Helen只買到去新加坡的機票，我們再從新加坡飛澳洲。

我們來墨爾本，因為Helen的弟弟也在這裡。

縮陽是一種文化病

97

和弟弟在很像Marina Bay的海灣高樓吃海鮮晚餐，聽莊亞才的故事。顯然勿洞是去錯了。問弟弟，怎麼從來沒聽你提過Gary的事？弟弟又用他小時候的那套回話，你也從來沒講過想知道爸爸的消息，而且，我也不算找到爸爸。懶得辯駁這種說話邏輯，有點悶，沒有想像中的精彩，也沒有預料中的困難。弟弟笑，你要馬共版的「Mission Impossible」？聳聳肩，也不知道自己要什麼。Anyway，四十年過去了，泰南西邊能去哪裡？爸爸又會轉向哪裡？弟弟又說，冥冥中註定Gary會在最後一分鐘出現，他在去世半年前才告訴我。好奇問弟弟，冥冥中應該包括你來澳洲讀書？弟弟坦白，你不是講在自己國家不如意的人都到澳洲來？有些意外，真是看錯這個弟弟，轉問，他怎麼走的？誰？莊亞才。弟弟笑了，老馬共會怎麼走？在森林裡生活過的人不會有什麼病，就是老來功能退化，心、肺、腎都不好。又想起爸爸，爸爸還沒出場。

98

親愛的，你極其無聊地看著微縮膠片裡的舊報紙，常會走歪掉，比如看看那些年上映什麼電影，發生什麼命案，或者懷舊地關注已成歷史的政治人物。最大的收穫是意外地查到揮之不去的困惑。

一九六七年十月二十九日，《新明日報》報導，大成巷二十多人突然集體縮陽。第一起事件發生在十月二十二日晚上，一名中年人在大成巷一家咖啡店小便後發現縮陽，立刻去看中醫，經中醫推拿後無礙。中醫說，病人只是「縮小」，不是「縮陽症」。此後，大成巷幾乎每天都有男人縮陽，而且是年輕人。十月二十八日，大成巷對面的韭菜芭，有一名三歲的小孩吃飯時，媽媽發現他也縮陽，以酒灌小孩後，小孩不一會就好了。

事件演變成吃豬肉導致縮陽。馬來西亞的豬瘟於七月間傳入新加坡，原產局為豬隻注射預防針，因此謠傳吃了打針的豬肉會縮陽。

第一起縮陽事件發生兩個星期後，十一月六日，衛生部召開記者會。病理學家魏雅聆說明，縮陽一千五百年前已流傳；研究顯示，這是一種心理病，與文化背景和風俗傳統有關。中國南方人相信有這種病，所以事件特別多，但歐美沒有。

一千五百年前是什麼概念？中國處南北朝，西方羅馬帝國則分裂為東西羅馬帝國。

縮陽症馬來話叫koro，英文稱作Culture Disease，譯成中文便成「文化疾病」，明顯地針對會患上這種病的種族。整個事件最大的受害者是無辜的豬隻。衛生部公告，吃豬肉不會不舉或性無能，更不會導致死亡。

魏雅聆醫生表明；「縮陽本無其事，因為相信而有這回事。」這樣的說法讓人想起六祖惠能，也讓你想起你的律師。「本來無一物，何處惹塵埃？」魏醫生解釋，男性器官是「身外物」，沒有科學或醫學根據說明會縮入身體內，所謂縮陽只是陽具「縮短」（contraction），不是「縮進」（retraction）。「如果有這種現象最好休息，不去理會自然就沒事。即使去看醫生，醫生也會告訴你沒事。」最後魏醫生提醒，別用筷子夾或繩子綁後拉扯，會損傷陽具。

大成巷。縮陽。筷子。

那個女人用筷子夾著男人小鳥的畫面是爸爸和媽媽。一九六七年十月或十一月的某個夜裡，三歲的你起身想小便，看見那一幕。這間接說明，爸爸是在一九六七年十月之後失蹤。畫面裡的爸爸臉部全黑與濛。所以，你對爸爸仍完全沒有印象。

99

□月□日。從小學到初院，他的個人履歷「父親」一欄都寫著：去世。他看過的僅有資料還有被捕和逃亡的。他一直覺得爸爸應該是後者，只是他們沒聯繫上。

學校校慶演出，他是導演，雖然有編劇，他也幫忙找資料。他從一疊疊的剪報、校刊中，斷續知道他們學校曾是學運大本營。他血脈僨張，換作現在可能中風。這是他第二次接觸體制外的資料，對他的吸引力遠超校慶演出。但是他不知道哪裡有更進一步的資料。

他試著問媽媽，爸爸是華中的學生？媽媽覺得突兀，看著他說，中正。「我以為爸爸跟我同校。」媽媽交代，今年要會考，不要太活躍，收收心。他知道媽媽不想他碰這些。

100

爸爸沒有出場，吃了幾天海鮮後便想回來。以為回請弟弟一家，他們卻在家裡辦烤火會。半開玩笑告訴八歲和十歲的姪兒，你爸爸從沒見過他爸爸。他們真以為大伯在開玩笑，大姪兒問，那爸爸怎麼來的？一旁弟婦立刻罵孩子沒禮貌，趁機將他們帶走。弟弟笑，這樣的故事沒市場。只好說，也好啦！一代人的事在一代人裡終結。弟弟喝酒，你喜歡澳洲嗎？

坦白告訴他，滿適合我的。弟弟添酒，你先喜歡喝葡萄酒再來。再認真地提出，把媽媽帶過來吧！搖頭提醒，還有小舅。也帶過來吧！推辭，得問問小舅。兩人不再開口，看著燃燒中的炭火，好一陣弟弟才說，Gary後來聯絡上阿山，兩人都太老，無法見面，也只通了幾次電話。你聯絡過阿山嗎？弟弟搖頭。Gary說，阿山也不知道爸爸的下落。看著熊熊的烈火在夜風中搖曳，莫名地將沒喝完的葡萄酒往火中澆，火因酒逞凶，瞬間衝過來，兄弟倆立刻大叫閃開再狂笑，像回到童年。

101

親愛的，你確定那個在關鍵時刻出現的畫面來源與人物後，並沒有解決你的問題，反而道德負擔更重，沒有任何兒女承受得起這種衝擊。你不知道自己幾時會走出那個畫面，或者一輩子都不會。

102

□月□日。他順利考上大學，媽媽與小舅開心不在話下，也可激勵弟弟。弟弟比他優越，也知道自己比哥哥好，盛氣凌人，甚至目空一切。媽媽好像無法控制這一切。他擔心，擔心這個爸爸缺席的家將出問題。

那隻美軍遺落的斷手或腳

103

回到新加坡，換一處風景，換一個心境，等待的是另一次衝擊。找阿祥、世修吃飯，阿祥被裁了。怪他沒在第一時間告知，他認為這不是什麼壞消息，等被裁很久了，是自己遞上名字的。做了十八年，等的就是十八個月的遣散費。沒有人想四十出頭就在大機構裡當冰凍雞或者雞肋。阿祥看過去還是有些失落，沒問他準備幹嘛，倒是他說了，休息一下再看吧！在新加坡只要有手有腳，不會餓死的。腦裡閃過好多問號，包括休息可以放個長假就行。阿祥大概被問多次，繼續自己的看法，在comfort zone待太久了，第一份工作一做就半輩子，再不走要長蜘蛛網了。看著阿祥想到自己，還回學校嗎？

104

親愛的，你有些後悔選擇這論文題目，舊報紙與雜誌上都是激情的革命文章，簡單、教條的紅八股。爸爸是受這樣的文字影響嗎？或者，如果他也寫作，會陷入這種窠臼嗎？訪問挫折不斷，當年的作者都不願意受訪，經不起時間考驗的紅色經典，成了不堪的紀錄；何況沒有人知道言論下限，不曉得少不更事的大學生會怎麼寫，不如少一事。所以，聽到的都是鼓勵你寫，但不願受訪。對寫論文的學生，好處是省時省事。

你從沒告訴別人寫了什麼，也不好意思說，現在則忘了。你記得你煞有其事地從蘇聯講起，扯到日本，再到中國，魯迅的出現是必然的。在馬來亞，魯迅二、三十年代已引起關注，你主要集中在一九五〇至八〇年的三十年。一九四九年共和國成立，很快地獲得海外華人認同，新政府極重視意識形態宣傳與文學控制，掀起各種文學批判運動；百花齊放、百家爭鳴，整風運動，大躍進，無不以浪漫的社會批判與改造，吸引戰後彷徨的馬來亞青年，指引殖民地年輕人批判與改造自己的社會。及至文化大革命，區域華人對毛澤東的個人崇拜與中國一起達至巔峰。這期間，在毛澤東不方便出場的情況下，魯迅+無產階級成了配套輸出國，轉口到新、馬，經包裝成魯迅+祖國+反殖+階級鬥爭，在華人世界，特別是年輕人的天地形成風潮——時代的風潮，魯迅成了戰士與導師，建構與詮釋新馬華文文學。然而，一九七六年文革「浩劫」結束後，許多人對中國失望，對文革痛心，對前程迷茫，對信念崩潰，從而進行反思。一九七八年鄧小平訪問新加坡後，結束三十年來對周邊國家的華人政策；革命文學成了昨日黃花，魯迅成了文物，南洋魯迅子弟成了鮮為人知的名詞。作為後來者，你引用各家理論，參考文獻，洋洋灑灑，似模似樣，完成一篇事後忘得一乾二淨的論文。

翻閱舊報紙與雜誌時，埋在一片紅色海洋裡，你偶然地發現一棵「青松」。青松的詩沒有革命的虛氣與簡化的使命，相對地比較看得下，不知道他跟其他人是不是同夥，你的論文還有一節討論他的詩，說他的詩就是那個時代的寫實主義，不是革命現實主義。比如〈路過新加坡河〉：

路過時，母親忙碌著。
阿叔肩上扛著沉甸甸的生計，
被五斗米壓彎了腰，
窄木板上搖晃著的阿叔，
像疾風中的勁草，
將餵飽別人的麻包袋卸在羅厘*上。

這一袋袋的救命糧跟他無關。

路過時，母親哭泣著。
一盞微弱的燈前，
骨瘦如柴的阿叔側躺在地，
對著一管煙槍呼吸，
另一頭，
酒精燈上開著一朵美麗的
罌粟花。

他以空洞的眼神看著我，
我從他的黑眼珠看到
明天壓在他肩上的麻包袋。

＊lorry音譯，貨車。

105

□月□日。媽媽與弟弟的相處出問題，不，應該說弟弟的態度越來越讓人受不了，說話像隨時想吵架或教訓別人，連對媽媽也如此。惡性循環的結果是，媽媽因此經常講弟弟，弟弟則繼續反駁，兩人越辯越烈，最後總是媽媽讓步，搖頭不語。他不明白，媽媽怎麼對他從不讓步。

他們兄弟現在不太幫忙看店。除了忙，跟小舅也逐漸沒話談，主要是沒生意，不需要這麼多人，去了店員多過顧客。所以，媽媽有時候也會生氣，兩個兒子一起念。

一個週末，他剛回到家就聽到弟弟說：「哎呀！小舅那裡去不去都一樣，遲早要關的。」

「關了你養小舅啊？」媽媽問。

他到廚房喝水，聽到弟弟講：「我才沒空管他。」

「不要忘了，你們小時候小舅怎麼對待你們。」

弟弟不屑：「那是以前的事。」把話題轉了個小彎：「小舅總不能靠阿公留下來的老店撐一輩子吧？」

媽媽糾正：「是他的店。」

弟弟繼續說自己的，將話題轉第二個彎：「是，他的店。放心！我不會要的。」覺得不夠狠，加上一句：「雖然我沒有爸爸留下一間店。」

弟弟講完，他就知道要出事了。果然，媽媽罵起來：「就是你沒有爸爸才會這麼放肆。」「你以為我想啊？」弟弟受刺激，發洩：「我從出世到現在都沒有爸爸，有爸爸我一定不是現在這個樣子。」

他走入廳，弟弟和媽媽各自生氣回房去。屋子靜了下來，他聽到弟弟短而急的呼吸聲，還有媽媽的啜泣聲。

他立刻走入與弟弟共用的房裡。弟弟躺在床上，還在生氣。他走過去，給弟弟一個巴掌。弟弟怒吼：「我不是好欺負的！」跳起來，還他一拳。那一拳落在他左腮。他一陣眩暈，連退幾步，接著整個腦莫名地疼痛。

弟弟冷冷地看著，準備隨時與他打一架。他按著左腮，盯著弟弟，放棄打下去，只丟下一句話：「你把媽媽弄哭了，這是第二次。」轉身出去。

媽媽緊張、關切地站在門外，他沒看她，繞過她，出門去——他忘了曾如此漠視媽媽。

從此，他與弟弟不再說話。

106

美國國防部有個戰俘及戰鬥失蹤人員聯合調查署——Joint POW / MIA Accounting Command（JPAC），大部分人沒聽過。好朋友阿祥不是大部分人，他沒有機會閒著，一個JPAC負責人找他，詢問越戰時可有這類人滯留新加坡？這樣的事不是要問「有關當局」嗎？阿祥沒白當記者，不做了還有人找上門。他大概也不知道要問誰，喝茶時隨口提起。越戰打得最凶時才出世的人怎麼知道？見小舅時聊起，他竟然說，有啊！開玩笑！質疑，復問。他振振有詞地，在軍港啊！軍港？三巴旺那邊啦！三巴旺那邊以前叫軍港，常常有ang moh tsun（紅毛船）來修理，船上會有一些少了這邊少了那邊的ang moh ping（紅毛兵）屍體，找人縫回去。我做過，好賺啊！噁心？當作masak（馬來語：烹飪，華人延伸為扮家家酒、玩玩具）好了。他們都保護得很好，也保護我們，給我們口罩、手套，還穿雨靴，放工還會在身上噴消毒藥水。我跟你講，ang moh都一隻很大隻，即使一隻手或一隻腳都很重。最可憐的是被打爛的，都不知道要怎麼縫回去。有一次不知道誰的狗跑上來，咬了一隻不知道是斷手還是斷腳就跑掉。我們追去，狗已經鑽進草叢裡，不知道跑到哪裡。我們找了一下，找不到，不講出去，當作沒有這件事；屍體這麼多，又很亂，沒有人知道的啦。轉告阿祥小舅簡述的這段奇情，然後我們三人同時出現在三巴旺公園。這裡附近結構簡單，公園、船廠和私宅，藍天、藍海和綠樹，連人都少。小舅腦裡的地圖無法與現實的地圖吻合，仰賴海岸線推測當年「案發現場」，一陣後還是搖頭。其實沒有人想要找到什麼，只是好奇，「案發現場」能增添真實感，真的找到才害怕；到三巴旺不外想出來走動，做北部半日遊，吃了北上都會吃的白米粉就回家。途中，阿祥告知，他申請當護士。阿祥真會找。認真地考慮自己的下一步。

咖啡囝的新中國與自由中國

五、六十年代有理想的華校生辯論：回祖國建設或留下來推翻英帝殖民統治。

我不是有為年輕人，學校成績不好，念完小學就在爸爸的咖啡店幫忙，做咖啡囝（kopi kiann，咖啡仔）。咖啡店在密駝路，密駝路是左派大本營，許多左翼工會都在這裡，林清祥他們偶爾會來我們的咖啡店喝咖啡。

喝了咖啡，他們希望我能參與或幫忙他們。我沒興趣，有使命感的事我都很抗拒，天生無大志。他們看我十六、七歲還吊兒郎當，建議我爸爸，送我回祖國學習。大概我太讓我爸爸失望，他竟然同意。那時候我得罪一幫私會黨，想擺脫他們，也就答應了。以為要想得很透澈的，我們在一分鐘內解決。這是我這一輩子從沒想過的，也從此改變我這一生。

一九六三年三月，我從紅燈碼頭坐一艘小船到另一艘貨輪「海皇號」回中國。我媽媽來送行，我雖然不是好孩子，但是要送走孩子，媽媽還是難過的，這是後來才體會的；我當時倒無所謂，看著媽媽紅著眼睛離開。對媽媽，就只剩這個印象，以後便沒再見到她。老大徒悲傷啊！

客艙在船下層，擠滿床位，只剩下一條一人寬的走道，連個人手提行李都沒地方放，像逃難。船艙幾乎都是老人，那年頭要滿六十歲才可以回中國，我是經過申請的。還有幾個年輕人，後來才知道是被政府遣送回去的，船離開時他們唱著〈告別馬來亞〉：

> 今夜別離你，奔向艱苦搏鬥的中原，我們默默在懷念，美麗的馬來亞，我們第二的故鄉……馬來亞呦，馬來亞呦，我們還要回來，要回來。

那是大白天好不好？我沒有他們的情感，我是回去讀書的，肯定還要回來。

三天後，貨輪抵達香港，很多人下船，再過去就是中國。第二天輪船換上五星紅旗，解放軍上船登記。再過一天抵達汕頭，我們被送到華僑招待所，那幾個同船的年輕人有當地政府接待，也拉我一起。這是我第一次踏上中國土地，老實說，沒想到中國比新加坡落後，開眼界，也失望。要回看歷史才知道，一九五九到一九六一年中國處於「三年自然災害」，人類最大規模的饑荒，一百萬到五千萬人死亡。我來錯時間。

在汕頭逗留一個多星期，續程往廣州，被安排在三元里的華僑服務所。我們就暫時寄居在這裡，等被分配。幾乎各地來的人都住這裡，印尼、越南、緬甸、寮國、柬埔寨，還有印度，那幾個年輕人與已經在這裡的新加坡和馬來亞人都認識。以後才知道，被送回來的還有私會黨徒，真是「人才濟濟」。

第一天我就想回去。吃很差，早餐是稀粥，午餐和晚餐吃飯，米摻了很多新加坡餵豬的米糠，菜也很差，都是燙的。奇怪，新加坡不是進口很多中國農產品，怎麼都吃不到？還有，每天一早就播〈學大寨，趕大寨〉。唱一段轟炸你們：「學習大寨趕大寨，大寨紅旗迎風擺。它是咱公社的好榜樣，自力更生改變窮和白。」

大概半年後，他們要把我們調到英德華僑農場去種茶。我拒絕，我是來念書的，要種茶回馬來亞好了。英德華僑農場在廣州北部約一百三十公里，還好我沒去，二〇〇〇年被列為貧困山區。再過半年，他們安排我到廣州華僑小學上課。開玩笑，十七歲還念小學。他們說過去舊社會有些人沒機會上學，以為我也是。這種沒有效率又窮的日子我過怕了，實在太累人，學他們的話，說：「新中國已經成立十五年，你們根本沒有緊跟進社會主義的腳步。前半年，後半年，人生有幾個半年？我已經浪費一年，不想在這裡學習了。我要回去。」說完才覺得應該認真考慮剛說的——回去。

之後我差不多每天都去吵著要回去。那時文革快開始，到處亂糟糟的，人人自危，他們大概不想節外生枝，這時才告訴我，回去須有人寫信來說明原因。我立刻寫信給我爸爸，要他寫封信告訴他們，你老了，要把咖啡店交給我，我非回去不可。同時也問我爸爸，在香港有認識人嗎？如果回去，我會先到香港。

三、四個月後，我接獲通知，要我領出國證。我已準備就緒，立刻買火車票，第二天便坐火車到羅湖。我爸爸在信裡告訴我，他通過來咖啡店的左派，已知會一個在香港我也認識的左派來接我。我等到所有的人都走了，還沒有看見那個左派。這時有人走近我，自我介紹是香港一個組織的負責人，這個組織專門幫從中國來又沒有人接應的同胞，問我有什麼需要幫忙的嗎？這是大海裡的浮木，我告訴他自己的遭遇。他說如果不介意，可以先到他們在YMCA的預留房過一晚，明天再與香港朋友聯絡。

我激動地謝過，並問他和他們組織的名字。他叫文安，他們的組織叫「滯港同胞自助會」，主要協助從中國到香港的同胞。他是組織的義工。我再坐火車到九龍，我對一九六四年的香港印象深刻，高樓林立，車水馬龍，這才是我要的。YMCA也比華僑服務所好一百倍，我不明白，新加坡那批左派為什麼還要走中國的路。第二天文安帶我去訂船票，隔天有船開到新加坡，我因此沒聯絡那個在香港的左派。

隔天上船，文安還來送行。再過一天船靠岸，說「雞籠」到了。我以為自己聽錯，可是船上負責人都說「雞籠」，而且他們還要我下船。我告訴他們，我要到新加坡，他們說船只到高雄。我傻了，究竟是怎麼一回事，文安幫我買到哪裡的船票。他們幫我看，船票寫著：基隆，是我自己沒檢查。我說我再買船票回香港，這時幾個人上船來：「歡迎回到自由中國，歡迎回來參觀臺灣的建設。」然後把我架走。就這樣，再次開始我這一輩子從沒想過的遭遇。

我真的上了賊船，這才恍然大悟，自己在最無助時，落入一個低層次的圈套裡。「文安」們「巡視」羅湖，尋找落單的旅客，在這些人最茫然無望時「協助」他們。沒有「滯港同胞自助會」，只有一個美國成立的「援助中國知識分子協會」（Aid Refugee Chinese Intellectuals），是美國對抗共產的組織之一，從一九五三年至一九七〇年在香港協助逃出中國的知識分子。我不是中國人，也不是知識分子，應該與這個組織無關，但不排除這個組織後來變質被利用。

不知道他們為什麼擄拐我，無論綁票或販賣人口，我都不是理想人選。

他們把我帶到松山一個招待所，我在這裡待了三個月。我一直問他們，為什麼把我載到臺灣來，他們沒有回答，反而問我在中國的遭遇，中國的現狀，問得很細，有時候很幼稚。我這才覺悟，兩岸處於內戰，他們要從我這裡知道對岸情況，我遇到的是一群特務。我從沒想過生命裡會出現這樣的人，所以一直問笨問題。

三個月後，他們對我說：「你不是要念書嗎？我們幫你安排。」就在板橋的國立華僑中學。國民黨與共產黨一樣，到處爭取支持，像廣州的華僑服務所，板橋的華僑中學各國各地的人都有，香港、馬來亞、印尼、越南、緬甸、泰國，主要還是東南亞華僑。

我就這樣在臺灣念書，這真是件奇妙的事。開始我還通過各種方法想回新加坡，包括找馬來亞在臺灣的外交或商業機構協助，又怕特務知道，不敢亂動。後來覺得這樣的日子其實不錯，在新加坡大概不會繼續念書，所以準備在這裡念大學。

有一天上課的時候，調查局人員突然來到我們課室。幹嘛？所有同學心裡都在問。原來來找我。他們把我帶上車，載到新店的安坑招待所。他們說我參與一起傷人事件，還在新加坡參與「匪外組織」，在中華民國與其他敵人串聯，宣揚馬克思主義，意圖顛覆國家。

我又傻住了。這三年多來我在臺灣一直小心翼翼，怎麼會做這些事？我是隻已被獵獲並看管的小動物，養在大籠子裡，立刻嗅到另一張網——比以前小——的味道。當你釋放天生的野性後，會嗅到一切味道。

我立即否認，先說自己被騙到臺灣，知道每一步都可能踩到地雷，不會逾越中華民國法律一步，絕對沒有集聚毆鬥，時間上完全不對，教官能證明；我因為不喜歡共產黨才來臺灣，怎麼會宣揚馬克思主義？何況，我接觸的只有同學。另外，我當初告訴他們，有左翼分子在我們的咖啡店喝咖啡，我不喜歡他們，怎麼變成我在新加坡參與「共匪外組織」？我責罵他們將我說的所有「不是」全改成「是」。

他們有自己的一套說詞，而且完全對他們有利。首先，他們原以為我是逃離中國的難民，好心收留，後來才發現是偽難民，實為共匪特務，潛入中華民國，幸好政府已向國人宣導「匪諜就在你身邊」，為英明調查人員偵破。單這一個故事，我就服了他們，也足以判我死刑。至於在新加坡參與「匪外組織」，負責國民黨海外事務的「國民黨中央改造委員會」第三組（海外組）工作委員已證實，我們的咖啡店提供馬共成員交流場所與所有飲料，與馬共關係匪淺。

他們丟兩份自白書給我，一份香港同學的，一份越南同學的。「你抄了吧！」

這是很累人和恐怖的審問，他們用盡各種手段讓你身心崩潰，包括用針刺進指甲裡、開冷氣躺冰塊。經過二十四小時無日無夜輪班拷問後，一個調查人員忍不住刮了我一個耳光，說：「王志明！你休想不承認，我們不會眼睜睜看著二十萬獎金飛走，我們一定會弄到你承認為止。」然後又丟了兩份自白書給我。

我一聽，第三度傻了。原來這是一宗交易，所有的罪名都是藉口，所有的皮肉之傷都是多餘的。只要我付出時間，他們便能拿獎金。我在香港經過一次人口販賣到臺灣後，再度被販賣，這回賣到監獄裡。獎金二十萬。

我已累到睜不開眼睛，換了語氣：「你早說嘛！大家就不必這麼折騰。我先睡一下，明天再抄給你。」

對方大概意外吧！「不行，你先簽名，我來幫你抄。誰知道你會不會改變主意。」我在迷糊中讓他抓著手簽名蓋手印。

第二天他們還告訴我：「你要是能提供一個名字，我們馬上可以放你。」

我開玩笑，提出要求：「給我一半獎金。」

他們沒反應。那一刻我很得意，雖然還要坐牢。

最後我被判處五年有期徒刑。罪名是：

宣揚馬克思主義

意圖破壞國家安全

不到五年我便出獄，我馬上寫信告訴家人，在最短的時間內讓我回新加坡。我這回鍋肉已炒過一次，在這個環境裡，只要有需求，可以繼續再炒。

我回新加坡才二十五歲，許多人的人生才開始，我卻死了幾回。

一九九八年臺灣制定《戒嚴時期不當叛亂暨匪諜審判案件補償條例》，叫我回去領補償金，我說我有「臺灣症候群」不敢去。

華人多的地方我都不敢去。

或者什麼時候我們需要對方

107

親愛的，這是你充實的假期，先有阿祥的JPAC，世修又帶來另一傳奇人物王志明。

王志明才六十五歲，可是他的遭遇聽起來像是世紀前的事。他於一九七〇年回新加坡，世修的爸爸知道他的處境，一直想聯繫他，只是三十年來他都不肯露面。

「時代不同了。那時怕說出來會被叫去問話，不想節外生枝。」王志明淡淡地：「有委屈還是講出來比較舒服。」

你們在王志明的咖啡店聽他說過往。咖啡店不在密駝路，是他後來買的。他回新加坡後決定這輩子平淡低調地守著咖啡店，他的健康和精神再也經不起任何風浪。「回來後老是做惡夢，夢見在臺灣的那些事。現在也是啊！這是一輩子的事了啦！不會好的。」他自覺負擔不起一個家庭，決定單身。「這樣好一點，發生什麼事都少一點牽掛，也不用別人擔心。」還好這些年沒有人再找上門，「除了世修的爸爸啦！」他解釋：「你們知道的，我不再相信任何人，世修的爸爸又跟臺灣的關係這麼好。謝謝他的關心。」

你們三個人坐在他面前，像那些事是你們幹的，兩手一直交叉著手指，低下頭，認錯般不發一語。大家都有一股悶氣，耳邊一直迴響著王志明不斷強調的：「國民黨，共產黨，同款啦！（kok bin tong, kiong san tong, tang khuan la! 國民黨，共產黨，一樣啦！）」

108

□月□日。他們兄弟從小就很要好，因為那一拳，打斷了二十年的手足情。麻煩的是大家繼續同房，媽媽開始還怕會出問題，見到他們同在房裡，總會探頭進來，警告：「別再出事哈（há，ㄏㄚˊ）！要不然我報警。」有幾次忘了講，他們也沒打起來，漸漸地也就不再講。媽媽老了，跟兩個兒子距離越來越遠。大家沒有深仇大恨，打一架就算了，誰有力氣每次見面打架？開始他們——他啦！弟弟就不知道——還在等對方先開口，問題是，不開口也不會吃虧，大家都選擇不開口，慢慢地也就沒有交談的習慣。習慣就好，而且也沒什麼好談的。

就這樣維持到他要到英國念書。怎麼辦？總要交代弟弟照顧媽媽。當然可以不說，媽媽也不需要弟弟照顧。這樣的理解合理，但不合情，作為長子，作為哥哥，交代還是必要的。弟弟也上大學了，住校，兩人一個星期最多只碰一次面。不至於最後一星期才說吧？萬一那天他不回來呢？所以，必須提前一星期。

那天等到晚上十點多弟弟才回來，他在房裡看書，在弟弟換衣服時故意淡淡地：「我下個禮拜就出國，要看一下媽媽。」弟弟換好衣服，拿了毛巾，「哦！」了一聲就走出房，沖涼去。就這樣？不管，該交代的都講了。

109

明兄打電話來，說有個當年的左派去世，很多人都覺得他「身分可疑」疏遠他，問有興趣去看一看嗎？先答應了。明兄給了地址後，很客氣地問他，為什麼你知道這麼多事。他在另一邊大笑，你終於問我是誰，我跟振強都覺得你很奇怪，連我們是誰都不想知道。我們其實也是左翼，五十年代大家都想回中國建設，我也想去，後來媽媽病了去不了，沒想到就這樣改變命運。一些已經去了的同學生活不愉快，開始能回來的時候，我都幫忙申請他們回來；這樣做開，幾十年來都在做雞婆。這樣講，清楚了吧？振強因為他哥哥被關，他幫哥哥，跟我一樣，做開了就一直做。你爸爸找得怎樣？需要的話說一聲。謝過好意，放下電話，沒事做，好奇那個「身分可疑」的左翼究竟是誰。抵達停柩處看到靈堂上的照片嚇了一跳，竟然是U2！現場冷清，幾乎沒有人來。接待的是U2的兒子，大家年齡相仿，他也意外還有人出現，只好說他爸爸是當年的受訪者，知道消息後來致哀。大家以英語交談，U2兒子對父親知道得不多，只聽媽媽提過，父親年輕時是左派，離開後不再與左派來往。小心地問，媽媽呢？早幾年走了。因為來致哀，講了一些節哀順變的話便離開。轉身時，U2兒子突然在後邊說，我媽媽是爸爸的第二個太太。似乎是另一個故事的開始，自應該停下來。我們——我和我媽媽——是在爸爸的第一個太太去世後才知道的；爸爸告訴我們，他和第一個太太從馬來亞出來，這個太太結婚後便不再進步，令他失望，大家志向不同，越走越遠，後來認識媽媽，便跟媽媽在一起。他反覆強調，和第一個太太沒有孩子，但仍有責任，所以繼續在經濟上支持她。我爸爸也說，他沒有重婚問題，第一次結婚時還沒註冊這回事，那時辦過華人傳統婚禮便算結婚。不知該說什麼，伸出手，感謝他透露家事，也坦白告訴他，我爸爸也是左翼——不過，還在找他。U2兒子顯然很意外，也真誠地伸出手來，除了感謝肯告訴他家事，也要求交換電話號碼，說，或者什麼時候我們需要對方。

110

親愛的，你的論文通過，與老師喝茶答謝他。老師透露，你是他在新加坡最後一個學生，他不久將回英國。你順口說，我也申請到英國念博士。那來劍橋吧！我在那裡。你說擔心進不了。「你的表現應該沒問題，申請看看吧！來劍橋至少有個照應。」

你原本還在猶豫的，因為老師這番話，決定申請劍橋大學。

老師的主動讓你窩心，便不再限於功課範圍內的交流。老師倒毫無禁忌，無所不談，包括他為什麼來新加坡，在新加坡的挫折，以及他對新加坡左翼的看法。

你很自然地說：「我爸也是左翼。」

「噢！是嗎？」老師意外，再解釋：「其實也不意外，那時候大部分華人都是左翼。」

「我爸應該是馬共，他失蹤時我才三歲。」

「啊！沒想到我身邊有這麼特殊的學生。」老師開心地：「來劍橋吧！我們繼續聊，我對你的故事感興趣。」這次的茶聊開始你們的師生情誼。

111

□月□日。他終於等到這一天實現小學時的宏願——出國念書。他沒有告訴任何人這幼稚可笑的想法，自己也忘了，直到寫完碩士論文才想起。真可怕，還好小時候沒想過要當億萬富翁。可是，他的另一心願卻一直沒能實現，爸爸還沒回家。爸爸回家是他們一家的心願——包括爸爸。

今天意外的是，弟弟也來送機。媽媽紅著眼眶走在他身邊。哎！什麼年代了，把整個氛圍弄得低迷。小舅和弟弟一直沒開口，像媽媽的影子，隨著媽媽走。入閘時，他跟媽媽和小舅揮手，發現弟弟也跟他揮手。

112

正式向學校遞呈辭職信，告別comfort zone，告別飯碗，告別中國現代文學，上網申請當護士，聯想的是魯迅。魯迅為了「改變他們（中國人）的精神」，放棄醫學，「提倡文藝運動」。修中國現代文學的教員，最後竟奇妙地走一條與「著名文學家、思想家、革命家、教育家、民主戰士，新文化運動的重要參與者，中國現代文學的奠基人之一」——引自二〇二四年六月的百度百科——完全相反的道路，還覺得與偉人有某方面逆反的契合。然則，無論教員、教育家或文學家，大概都不同意「病死多少是不必以為不幸的」，這是「革命家」的思維，所以，周同學沒繼續學醫是對的。從魯迅的遺囑又可猜測，如果可以回頭，他大概會繼續念醫科。他的遺囑第五則說：「孩子長大，倘無才能，可尋點小事情過活，萬不可去做空頭文學家或美術家。」從百度百科我們知道，魯迅絕不是「空頭文學家或美術家」。在南洋，魯迅子弟們都無法繼承南洋魯迅，倒做到老師遺囑中的一點——「可尋點小事情過活」。電話響，太早，不聽，不是打錯，就是銀行來推銷信用卡。想當護士沒有什麼偉大的前提，不明白怎麼有些人做什麼事都能在身前擺一棵聖誕樹，玲玲瓏瓏掛滿漂亮的說詞——願望、理想、理據。想當護士純粹是阿祥申請了，提醒自己，人口老化，醫院的生意好過學校；少子化，當醫護人員比大學教員穩定，有意義，而且跟師母同行。電話繼續響，看了鐘，早上十點。幫傭打來，說小舅睡到現在還沒醒，叫他也沒反應。心一緊，吩咐她把手放在小舅鼻前。她嚇到，抖著聲說，小舅身體是冷的。倒抽一口氣，吩咐她別告訴阿嫲，現在就趕過去。隨即打電話叫救護車。抵達時幫傭在協助錄口供，醫護人員知道外甥來後，表示小舅去世已有一段時間，應該是自然死亡。讓幫傭帶媽媽下樓散步，辦完所有法律手續後，打電話給弟弟。弟弟要求先別下葬，他趕回來看小舅最後一面。過後打電話給阿祥。阿祥和世修趕來，幫忙處理所有小舅葬禮的事。小舅先停柩殯儀館，弟弟全家第二天趕到。弟弟在凝視小舅遺容時，第一次看見他泛紅著眼眶。兄弟倆無語地呆坐著，小孩無聊又必須保持安靜地來回走動。平復了情緒，弟弟說回家看媽媽，還裝著久別歸來的開心。媽媽認得弟弟，兩人雞同鴨講地「聊」了一陣，弟弟告訴兩個孩子，這次不住酒店，睡阿嫲家，我跟大伯睡舅公的房，你們和mom睡大伯的房。夜裡，兄弟倆近二十年後再同房，大家爭著睡地板，最後像小時候，弟弟勝利，整天低迷的氛圍逐漸回復平常。弟弟先提舊事，那時候打你一拳，為什麼不還手？打輸你啊！我們有三、四年沒講話吧？我以為會這樣一輩子不說話，還好你出國前先開口。得有人照顧媽媽啊！沒有媽媽我才懶得理你。弟弟認真地，這一趟反正來了，我就接媽媽到墨爾本。你okay嗎？不好吧！你還有一個家等著你照顧。弟弟突然轉變語氣，你不要這麼自私好不好？媽媽都給你占了十幾年，剩下幾年留給我可以嗎？你太太okay嗎？我們來之前談過。媽媽這麼老了，能適應嗎？弟弟笑，別再找藉口了，她現在半迷糊狀態最好，外界改變對她影響不大。想到重點，嗆他，你就留一個老頭孤零零地在新加坡啊？你也可以來啊！來啊！故意往事重提，算了！等一下又要被打。弟弟不甘示弱，放心！媽媽永遠站在你那邊。一時無話接，算是輸了。躺在小舅房裡，看著房裡除了床之外，另一家具——衣櫥，突然想起最重要的，小舅從小把我們當他的孩子，我想在墓碑上刻我們的名字，怎樣？沒問題。你家人呢？當然全家啊！那我明天吩咐刻墓碑的師傅。你怎麼永遠處在充分準備的狀態中，連處理喪事都這樣。睡吧！媽媽說睡覺不要講話。沒想到就這樣結束兄弟倆相隔二十年的同房夜談。

流亡倫敦的學生領袖

新加坡從戰後到獨立，換了五個政府，但是政治逮捕事件不曾停止。輪到我已經是一九七七年。我是學生領袖，同情工人，替他們爭取利益被盯上。我們當然知道被盯上，但是，當那些工人來告訴你，Jeff！老闆如何不合理時，你是不是又要挺身而出？這是正義啊！做人該有的。

被盯上後，有時候他們會先警告，比如我們一般進門後鞋子通常隨便脫了就放在門外，等要穿時才找回來。我卻才發現，我的鞋子怎麼整齊地放在一邊，這不是我的習慣；不只一次，而且只是我的。那時的窗戶都是百葉窗，他們會故意在窗外閃過，讓你看見，你出去看又沒人，家人也沒看見。當你告訴家人你被監視時，他們開始會覺得你太累了，過不久便會認為你精神有問題。你知道自己被監控，不知道對方幾時會採取行動，敵暗你明，受盡精神折磨，這就達到他們的目的。久而久之，你便會懷疑自己是不是真的精神有問題，根本不存在所謂監控，接著你便真的有問題。他們就省下接下來的行動。

我過得了這一關，因為我家離村口有一段距離，陌生人進來，大家都知道，證實有人監視我，我的精神沒有問題。我繼續為工人爭取利益，他們忍無可忍，最終採取行動。他們的車一進村裡，立刻有人抄小路向我通報。我一直處在逃亡的戒備狀態，拿了準備好的小袋，騎上已報廢的摩托車，往預定的小徑逃生。

我開始逃亡後，寫信給在新山的朋友，再讓他把信封裡的另一封信，從新山寄給我在新加坡的家人。信當然會先被「當局」拆開來看。我在信裡告訴家人，我已經逃到新山，其實還在新加坡。這樣的「調虎離山」可能讓我在新加坡暫時沒那麼危險。這裡邊都是鬥智與鬥勇，不過最重要是運氣，我運氣比較好。

躲了三個多月，我想他們對我應該開始鬆懈或有其他任務，我才開始計畫逃出新加坡。整個逃亡說穿了是靠錢疏通。花錢不一定有結果，隨時可能被騙，甚至被出賣，人財兩空。我躲在新加坡時，父母透過朋友交給我五千塊，加上我的一些儲蓄，朋友、同情者的資助，大概有六、七千。六、七千在七十年代中是一筆大數目，他們都是到處籌借來的，特別是我父母，很多年後我妹妹陪他們來倫敦看我，我向他們下跪請求原諒。

最危險的地方是最安全的地方。我乘坐專門安排非法過境的私人汽車，在星期天凌晨兩點多，從長堤過關。車上還有司機的太太，我跟司機的太太扮成夫妻，所以沒有引起太多關注。這也是人們最疲倦想睡或已入睡的時刻，關卡人員經過星期六的高峰期後更累。

我安全過關，到新山上廁所後乘坐一個朋友的車子離開，有點像發射火箭，每個人完成階段性任務後，由另一人接手，不讓執行任務者知道太多，而且不告而別，避免被跟蹤或出賣。

接著寫信回新加坡，告訴家人我將回國，然後往馬泰邊界出發，再從吉蘭丹與泰國邊境的一條小河進入泰國，這裡根本沒有所謂的關卡。泰國這邊的人已在等我，我們先到合艾，再坐二十個小時的火車到曼谷，我這才鬆一口氣，發現這段路程自己繃得有多緊。沒登機仍不放心，即使飛機起飛，我仍擔心隨時調回頭。飛機抵達倫敦時，我幾乎以癱瘓來迎接新的開始，這時候我全部的身家不超過五百塊錢。

照片裡的兩個年輕男子

113

親愛的，Jeff講完後，你問五百塊大概多少英鎊。Jeff苦笑：「那時一英鎊等於五塊半新元。你算一算。」

你還在想，老師先說：「跟我在新加坡時候的兌換率差不多。」

你算出來，九十英鎊。

你大概是老師回鄉後第一個到英國留學的新加坡學生，彼此的認識比兩人在英國認識的其他人更深。因此，有關東亞的事物，適合你的老師都讓你參與。你就這樣見了Jeff。

Jeff跟你見面第一句話就問：「不怕回去被請去喝茶？」你沒想過，也不知道國內尺度如何。都來了，他鄉見面吃個飯，不至於受影響吧？你反問：「你的朋友都有這樣的遭遇嗎？」Jeff大笑。

回來後沒有人請你去喝茶。倒是Jeff這句話讓你認真想過，如果有事最多到英國找老師。

老師開玩笑對Jeff說：「你的逃亡聽起來好像沒那麼辛苦。」

Jeff認真地回：「缺少不確定性和環境襯托，也沒有眼淚與心酸，大概複述太多遍。」他轉向你。「比如你，不知道現在有沒有人盯著你，回去會不會突然被叫去問話。這樣的現場感和不確定性，是不是能感受到一點流亡的心態？」你還沒說話，他突然改口：「你最好不要再跟其他這類人接觸。跟一個人喝茶是social，三個就不是。還有，我也不會再見你。」

果然，之後便不再見Jeff，其實你並不在乎。飄雪的劍橋，白皚皚的小城中，你仍在「因落淚而濕潤的夜裡」想起卡若琳。

114

□月□日。小舅跟他談過生死問題。那時他剛從英國回來，決定買四房式組屋跟媽媽和小舅一起住。雜貨店已跟不上時代，小舅準備賣了退休，決定媽媽的那份就留給弟弟，自己的那份拿來買屋子。他不肯，要求除三，媽媽也同意。小舅轉說那剩下的錢就給你當老婆本，反正我走了就是你的。他沒回小舅，倒是媽媽罵：「莫亂講話啦！（mai luan kong ue la!別亂說話啦！）」小舅指著媽媽對他說：「Pantang!（馬來語：忌諱）這種事早點講清楚好。我的就是你的。ＯＫ？」

他不知道要怎麼回話。

115

從殯儀館回來休息，躺在小舅房裡睡不著，想起太多與小舅相處的時刻，起身整理他的遺物。小舅的衣櫥還是搬家時送他的，櫥裡就只是幾件衣服，這個外甥太虧待他了；也再再說明，人活著不需要太多身外物。衣服下放了一個整齊的小包裹，他大概只有這個包裹最貴重，沒有交代，只能打開了。是一疊剪報，剪報第一頁貼著一首詩，作者是青松，接著還有松青、小松，然後是〈路過新加坡河〉，後邊還有一些。就這時刻，粵語殘片情節上演，一張黑白照片從剪報裡掉下來，主角配合劇情地拿起來看，劇情沒說看了照片要心中一震，主角加戲，不必再看劇本。照片裡是兩個年輕男人，一個像弟弟，一個像我。爸爸一直沒有離開，爸爸一直在家裡。

116

親愛的，你的手機響，是一組陌生的電話號碼，你按掉；一陣，同一組號碼又打來。陌生號碼打兩次，應該有事。

你接聽，對方沒回應。數聲hello後，一把年輕女聲才說：「Sorry!」再掛電話。

還好，打錯了還說sorry。繼而你覺得曾聽過這把聲音——那個讓你被調查的女學生的聲音。你覺得這是無端端被調查的後遺症——神經過敏。Anyway，不知道那個可憐的女生如何了。

117

弟弟移民澳洲不久便結婚，媽媽好開心，和他一起赴墨爾本出席婚禮。飛墨爾本途中，媽媽突然問：「有想過結婚嗎？」他一怔，怎麼會有這樣的問題。媽媽繼續：「不要受爸爸媽媽影響。」然後轉頭看著小橢圓形窗外四萬公尺高的雲層：「人比孫悟空厲害。」

118

Hogg's family比預定延了幾天回新加坡。大家見面吃飯喝茶聊天，熟悉、隨意之外，多了幾個月前初見的見外與保留，比如Fish不吃主食，只要了湯和麵包，點餐後特別強調這一趟亞洲行胖了，要減肥；湯沒喝完，又說約了人得走了，師母一面不解又立刻會意地幫忙解釋。世故的Hogg's family應該也會有同感。第二天師母約在酒店咖啡座喝茶，直接點題，你應該知道有事要談，對吧？第一次見識師母的精明，只得笑著同意。師母直視著坦白，真的有事——Fish懷孕了。愣住，腦裡或心緒翻轉不停。師母繼續，我也很意外——Fish說近幾年已沒交親密男友。被點醒，連忙承認，是的，是我的。輪到師母愣住，大笑，不小心眼裡流露喜意。沒有人這樣強調的，我不是來逼你的，Fish也不想讓你知道，所以才上演昨晚那一幕，so sorry，我只是覺得，如果是你，應該讓你知道。誰還在意昨晚，急問，請問Fish現在在哪裡？師母笑著反問，你不是有她的手機號碼嗎？立刻又改口，來！我打給她。電話接通，師母傳過手機。接過手機急切地說，怎麼沒讓我知道。Fish在那端平靜地，我知道我媽會約你啊！你在哪裡？我有很多話要跟你說。電話裡可以講。電話裡不一樣。醫院。我現在過去。趕往醫院途中，身邊的環境像電腦畫面被調亮，亮光全投射在身上，亮光夾帶涼風，頓覺身上有粉塵飛起；接著是一陣細微至幾乎聽不到的破裂聲，身體不知幾時包裹的一層透明輕薄固體正紛紛綻裂，隨即體內所有的接口重新接上，水流淙淙，偶遇瀑布，水花四濺；整個人有這些年沒有的清爽，高昂，如從尼采身邊回到自己的世界，沒有「你」或「他」，我就是我，沒有分身。

所謂回憶者，雖說可以使人歡欣，有時也不免使人寂寞，使精神的絲縷還牽著已逝的寂寞的時光，又有什麼意味呢，而我偏苦於不能全忘卻。

——魯迅《吶喊》自序（一九二二）

後記

我的另一游離性遺忘

謝裕民

覺得有點對不起這部小說。二〇一五年頭動筆，寫了一年收起來，開始另一部新小說《建國》，這是要不得的卻做了，湊了個新加坡紀念建國五十週年的熱鬧。《建國》後又去了《不確定的國家》，二〇二二年中從《不確定的國家》歸來，馬上墜入《我的游離性遺忘》至二〇二三年初。寫這篇後記時，已是二〇二四年中，算算，九年就這樣過去。這部小說的遭遇也存在字義上的游離性遺忘。寫寫停停除了訓練作者的耐性，也讓小說更完善。

朋友說，《不確定的國家》是非虛構的《建國》。依此，《我的游離性遺忘》某種程度上應可視為左翼版《不確定的國家》，三書意外構成某種有機結合。

左翼是新加坡部分建國史，影響兩代——「建國一代」與「立國一代」，甚至三代人，故需更多時間與人力參與更多元、複雜、細緻的「微歷史」書寫。幸或不幸，這也是我輩新加坡人必修的一課。新加坡之外的讀者或有興趣，二戰後各地局勢之相似及異同的發展，如何漸成日後各自的特色。

感謝臺大中文系高嘉謙教授繼《不確定的國家》後再賜序文，讓作者更清楚自己在幹嘛；也謝謝金倫支持，得以與時報出版繼續合作。

二〇二四年六月

參考資料

- 方壯璧，《方壯璧回憶錄》（馬來西亞：策略資訊研究中心，二〇〇七）
- 魯虎，《新馬華人的中國觀之研究 1949–1965》（新加坡：八方文化創作室、新躍大學、新躍中華學術中心，二〇一四）
- 陳仁貴、陳國相、孔莉莎編，《情繫五一三：一九五零年代新加坡華文中學學生運動與政治變革》（馬來西亞：策略資訊研究中心，二〇一一）
- 二十一世紀出版社編輯部，《二十世紀五六十年代新加坡地下文件選編》（馬來西亞：二十一世紀出版社，二〇二〇）
- 林清如，《我的黑白青春》（新加坡：脊頂圖書，二〇一四）
- 杜晉軒，《血統的原罪：被遺忘的白色恐怖東南亞受難者》（臺北：臺灣商務，二〇二〇）
- 張素蘭、劉月玲編輯，徐漢光編譯，《獅爪逃生——新加坡政治流亡者思辨集》（新加坡：Function 8，二〇一三）

作者簡介

謝裕民

一九五九年生於新加坡，曾獲新加坡青年藝術家獎、文化獎、東南亞文學獎，受邀參加美國愛荷華國際寫作計畫，新加坡南洋理工大學駐校作家。

「謝裕民是新加坡華語語系的十個關鍵字之一」——美國哈佛大學東亞語言與文明系講座教授王德威點評。

出版十一部作品，六部獲新加坡書籍獎與文學獎，包括《世說新語》、《重構南洋圖像》《m40》、《放逐與追逐》、《建國》與《不確定的國家》。《m40》也獲選為臺灣《文訊》雜誌主辦的「2001—2015華文長篇小說二十部」之一；《放逐與追逐》獲選為新加坡教育部中學「華文文學」教材，改編成舞臺劇，出版英文版；《建國》獲《亞洲週刊》二〇一八年度十大小說。二〇二三年著作《不確定的國家》獲新加坡文學獎非虛構寫作獎項。

AK00433

我的游離性遺忘（My Dissociative Memories）

作　者—謝裕民（Chia Joo Ming）
「浮羅人文」書系主編—高嘉謙
主　編—何秉修
特約編輯—Vincent Tsai
企　劃—林欣梅
封面設計—倪旻鋒

總編輯—胡金倫
董事長—趙政岷
出版者—時報文化出版企業股份有限公司
一〇八〇一九台北市和平西路三段二四〇號七樓
發行專線—（〇二）二三〇六六八四二
讀者服務專線—〇八〇〇二三一七〇五
（〇二）二三〇四七一〇三
讀者服務傳真—（〇二）二三〇四六八五八
郵撥—一九三四四七二四時報文化出版公司
信箱—一〇八九九臺北華江橋郵局第九九信箱

時報悅讀網—http://www.readingtimes.com.tw
時報文化臉書—https://www.facebook.com/readingtimes.fans
法律顧問—理律法律事務所　陳長文律師、李念祖律師
印　刷—勁達印刷有限公司
初版一刷—二〇二四年十月二十五日
定　價—新台幣三八〇元

時報文化出版公司成立於一九七五年，
並於一九九九年股票上櫃公開發行，二〇〇八年脫離中時集團非屬旺中，
以「尊重智慧與創意的文化事業」為信念。

我的游離性遺忘 = My dissociative memories / 謝裕民(Chia Joo Ming) 著 ; -- 初版. -- 臺北市 : 時報文化出版企業股份有限公司, 2024.10
面 ;　公分
ISBN 978-626-396-874-5(平裝)

857.7　　113014950

ISBN 978-626-396-874-5
Printed in Taiwan